UN SINGULIER
AMOUR

MADELEINE FERRON

UN SINGULIER AMOUR

nouvelles

BORÉAL

Données de catalogage avant publication (Canada)

Ferron, Madeleine, 1922-

   Un singulier amour

   ISBN 2-89052-189-3

   I. Titre.

PS8511.E77S56 1987   C843'.54   C87-096106-3
PS9511.E77S56 1987
PQ3919.2.F47S56 1987

Illustration de la couverture: Marcel Chabot

Diffusion pour le Québec: Dimédia, 539, boul. Lebeau, Saint-Laurent (Québec) H4N 1S2. *Pour la France*: Distique, 17, rue Hoche, 92240 Malakoff.

Dépôt légal: 3ᵉ trimestre 1987. Bibliothèque nationale du Québec.

LA DAME EN GRIS

L'éclipse partielle du soleil ajoute une note étrange et imprévue à l'extravagance de notre voyage. Nous quittons la terre ferme à Montmagny. L'avion-taxi de l'Île-aux-Grues a un moteur, j'en suis certaine, à cause du bruit. Mais il vole comme une mouette, en des glissades fantaisistes, me semble-t-il. De fait, le pilote profite des roulis du vent pour maintenir l'équilibre de son appareil, qui survole bientôt l'Île-aux-Grues, but de notre voyage.

Du haut des airs, on aperçoit déjà les longues prairies, la route, les battures. Tout est recouvert d'une neige dure et lisse, idéale pour la motoneige. Un instant plus tard, l'avion se pose délicatement, au milieu des bourrasques.

L'île n'a qu'une lieue et demie de long et à peine vingt-cinq arpents de large. Son pourtour est à fleur d'eau. Sans cette échine longitudinale sur laquelle sont posés l'unique route et le village, elle serait plate comme une feuille de nénuphar. Le fleuve est aussi large d'un côté que de l'autre. De plusieurs endroits, on peut voir les deux bras de mer immenses qui enserrent l'île et, au-delà, la terre ferme. Au nord, les Laurentides, en aval du cap Tourmente, une suite ininterrompue de caps gigantesques. Au sud, la chaîne des Alleghanys est plus douce.

À peine sommes-nous installés chez nos amis que leur voisin, monsieur Morin, vient nous offrir une randonnée.

— Nous irons jusqu'au manoir seigneurial, dit-il avec amabilité.

Monsieur Morin est un septuagénaire alerte, grand et sec. Ses manières courtoises et son sourire atténuent l'austérité de son apparence. Il connaît les moindres caprices de l'île et, par ses ancêtres, ses plus lointains secrets.

Je monte en croupe derrière lui. Les trois autres passagers occupent une carriole tirée par la motoneige. Une peau d'ours les recouvre jusqu'au cou, d'où n'émergent que leurs têtes enroulées d'écharpes et coiffées de tuques colorées.

Une fois traversé le village, notre équipage devient l'unique tache mobile d'un désert blanc, tout baigné de soleil. Nous glissons sur la neige givrée. Aucune clôture ne rompt la ligne de notre parcours. Les ronflements réguliers du moteur s'estompent. Enivrés d'air, nous avons la sensation que rien ne peut plus nous arrêter, quand monsieur Morin effectue un virage en direction d'un chemin étroit. Le manoir nous apparaît, ainsi que l'ensemble des bâtiments qui l'entourent. Des saules immenses se profilent dans le bleu du ciel.

La laiterie et la grange se détachent bientôt plus distinctement. Au carré principal de la maison seigneuriale, bâti en 1752, se sont ajoutées des rallonges et des galeries. La façade donne sur le fleuve, que nous distinguons maintenant derrière les arbres, au-delà d'une courte batture. Les détails de la spacieuse demeure se précisent quand le soleil commence doucement à se glisser derrière la lune qui, ainsi, nous apparaît opaque et grise. L'éclipse étant partielle, la lumière ne disparaît pas complètement mais elle devient singulière. Un voile diaphane descend sur l'île. Les bâtiments et les arbres deviennent comme des négatifs de photos, entourés d'une frêle luminosité.

Monsieur Morin arrête le moteur car une haute barrière nous oblige à faire route à pied jusqu'au manoir inhabité.

— Les étrangetés de la nature, même prévues, nous troublent toujours, murmure-t-il en observant le ciel.

Chacun exprime des impressions analogues tout en franchissant difficilement la clôture. Monsieur Morin et moi fermons la marche et avançons lentement. Le bruit crissant des pas de nos amis sur la neige s'éloigne rapidement. Le silence autour de nous est absolu, me semble-t-il, et l'atmosphère de plus en plus bizarre. Je me sens comme dans un sortilège. Mais bientôt, le soleil reparaît et quelques oiseaux chantent cette aurore insolite.

Pendant l'éclipse, monsieur Morin s'est mis à me parler. Il m'apprend d'abord que l'île a été concédée en 1646 au Sieur de Montmagny, puis que le titre de seigneur s'est transmis trois fois avant d'échoir à Pierre Bécard de Granville.

— C'est lui, dit monsieur Morin, qui a entrepris la colonisation de la seigneurie en 1708. Mon ancêtre est arrivé à ce moment-là. Pierre Bécard de Granville a eu douze enfants mais aucun n'a perpétué son nom.

Il ajoute en baissant la voix:

— Comme c'est curieux que Dieu ne l'ait pas béni dans sa descendance. C'est par les femmes que l'héritage s'est transmis.

— Je ne comprends pas pourquoi vous en êtes si désolé.

— Bien sûr que j'en suis peiné. Les femmes, en se mariant, s'éloignent de leur patrimoine et s'en désintéressent. Comment expliquer autrement qu'une descendante de Bécard de Granville ait vendu la seigneurie de l'Île-aux-Grues, dont elle avait hérité, à Daniel McPherson, un protestant de Philadelphie? Vendre à un Écossais, étranger et hérétique, une seigneurie d'occupation francophone et catholique depuis cent trente-quatre ans! Une seigneurie peuplée seulement de Canadiens! Vous trouvez que c'est normal?

Je ne réponds pas pour ne pas aggraver son indignation et risquer d'interrompre le récit. Il le poursuit heureusement. J'apprends ainsi que la seigneurie a été léguée par Daniel McPherson à son fils John en 1828. Monsieur Morin fait quelques commentaires, puis baisse la voix et dit mystérieusement:

— La femme de John est Sophia Wells!

C'est en prononçant ce nom que notre entretien change, s'imprègne d'une gravité qui, subitement, nous isole de la réalité.

Je m'arrête, regarde mon interlocuteur. Il semble éprouver une intense émotion. Il me demande brusquement, comme on exige un mot de passe:

— Vous connaissez l'existence de la dame en gris?

Je réponds un oui si inconsistant qu'on ne saurait en faire un mensonge. La situation, d'ailleurs, prend cette allure extravagante qui annule les conventions.

— Vous saviez que la dame en gris, c'est Sophia Wells?

Je ne réponds pas. Je suis fascinée.

— Vous savez que Sophia Wells hante le manoir depuis sa mort, en 1852?

Je marmonne en guise d'assentiment.

— Vous le savez ou vous ne le savez pas?

Il s'impatiente. Avec raison.

— Oui, bien sûr que je le sais.

Je n'ai pas à mentir. Je le sais puisqu'il vient de me le dire.

Le récit qui suit réveille en moi ce goût que j'ai pour le déraisonnable et le merveilleux.

Les McPherson, à partir de 1802, dirigent la seigneurie avec autorité et succès. Bien que la population soit entièrement catholique, ils demeurent protestants, mais tout se passe calmement tant que durent les conventions sociales: les uns servent, les autres sont servis.

C'était compter sans les jeux imprévisibles de l'amour. Deux jeunes filles McPherson, Sophia-Eliza et Julia-Anne, l'une, fille de John et l'autre, sa sœur, épousent des Lemoyne de Longueuil, descendants du premier seigneur catholique de l'Île-aux-Grues.

Cet événement purement sentimental a aussitôt des conséquences imprévues. L'abbé Georges-Louis Lemoyne, aumônier à l'Hôtel-Dieu de Québec, grâce à ces deux mariages, devient un parent de John McPherson et de sa femme, Sophia Wells.

Ce concours de circonstances équivaut, pour l'abbé Lemoyne, à une manifestation de la volonté divine: mettre fin à l'anomalie que représente une île francophone et catholique dirigée par des hérétiques.

Investi de sa mission apostolique, l'abbé commence aussitôt à venir en visite au manoir. Son unique et ferme intention est d'en convertir les maîtres.

Ces derniers le reçoivent, au début, avec civilité, comme l'exige cette nouvelle parenté.

— John McPherson fut même assez conciliant pour aider les catholiques à construire leur église, avoue monsieur Morin, mais l'abbé y vit une promesse qu'il allait réussir à le faire abjurer. Remarquez qu'il y serait peut-être arrivé pendant la dernière maladie de monsieur McPherson... peut-être...

Monsieur Morin devient songeur, souriant à la pensée de cette victoire possible. Puis il change subitement d'attitude:

— Comment pouvait-il réussir? Sophia Wells

était toujours au chevet de son mari quand l'abbé venait au manoir. Sophia Wells, c'était une protestante terrible!

La voix de monsieur Morin est maintenant pleine d'hostilité et d'effroi. Subjuguée, je ne souffle mot, et mon silence me transforme en complice, libérant mon compagnon de sa prudence et de sa retenue.

— Vous pouvez me croire quand je vous dis que l'abbé a tout essayé pour convertir la famille. Tout! Grâce à la connivence des serviteurs, qui étaient tous catholiques, il a pu pénétrer en cachette dans le manoir pour asperger les murs d'eau bénite et glisser des médailles miraculeuses dans les fentes du plancher. Vous vous rendez compte de tout le mal qu'il s'est donné?

Il se tourne vers moi. Malgré le malaise que je ressens, j'acquiesce d'un signe de tête. L'abbé a pris les grands moyens, je dois en convenir. Nous demeurons silencieux un moment, avant qu'il n'avoue avec tristesse que malgré tant de méritoires efforts, l'abbé n'a réussi aucune conversion.

— Je doute de plus en plus qu'il soit parvenu à faire admettre Sophia Wells au royaume de Dieu... bien malgré elle, c'est certain, mais enfin, il a eu ce dernier espoir, soupire monsieur Morin.

— J'en doute de plus en plus, répète-t-il, en me prenant à témoin. S'il avait réussi à sauver Sophia Wells, pourquoi viendrait-elle hanter le manoir, maintenant qu'il appartient à des catholiques?

La question ne peut rester sans réponse.

— Peut-être que l'abbé a réussi mais en abusant

de ses pouvoirs, dis-je timidement. Sophia Wells vient sans doute manifester son mécontentement.

Il me regarde décontenancé.

— Vous pensez qu'elle serait fâchée d'être morte dans la foi catholique? C'est la plus grande grâce qui pouvait lui arriver! Est-ce que vous en doutez?

Mon assentiment serait une lâcheté et je dis calmement, mais avec assurance:

— Les protestants sont convaincus, eux aussi, que leur religion est la bonne.

Il me fixe avec incrédulité mais semble plutôt affligé.

— Vous ne vous apercevez même pas que vous blasphémez, dit-il avec indulgence.

Connaissant l'inutilité de certaines discussions, je ne réponds pas. Je contemple, au loin, les montagnes qui se teintent de violet et de rose, et je demande d'une voix doucereuse:

— La dame en gris… pourquoi ne pas l'appeler par son nom?

— Vous ne saviez pas que les âmes errantes n'aiment pas être reconnues?

Je reconnais humblement mon ignorance mais poursuis avec entêtement:

— Pourquoi la dame en gris et non pas la femme en rose?

— Comment pourrait-on l'appeler autrement, commence-t-il. Elle est toujours vêtue d'une longue robe de serge grise. Elle n'en a pas changé depuis 1852, année de sa mort et de sa première apparition.

Une dame en gris... murmure-t-il d'une voix douce, émue. Le plus souvent, on n'entend que le frôlement de sa jupe dans les marches de l'escalier ou le long du corridor en haut, un son mat accompagné d'un léger froissement. On a aussi entendu le grincement du sommier dans la grande chambre en haut de l'escalier, celle des maîtres, autrefois.

— Vous l'avez déjà vue?

— Non, pas moi, répond-il avec précipitation. J'aurais même préféré ne pas savoir son nom. Je l'ai appris de madame Tremblay, qui était propriétaire du manoir au début du siècle. C'est elle, d'ailleurs, qui l'a identifiée. Tout ce qu'elle m'a raconté, elle pouvait en jurer, disait-elle. Elle n'avait pas besoin de jurer, madame Tremblay, on la croyait sur-le-champ.

Il hésite un moment. On n'évoque pas sans risque un revenant. Il me jette un coup d'œil furtif. Mon attention le stimule.

— Le jour venait de tomber. Madame Tremblay avait allumé la lampe. Elle voulait continuer à faire les entrées de la semaine dans le registre des comptes. Son pupitre était juste derrière cette fenêtre, là, la deuxième.

Puis il continue d'une voix accélérée:

— Madame Tremblay avait commencé à écrire quand elle a senti une présence dans le corridor: un glissement de semelles de feutre sur le plancher, le bruit doux et sourd d'un lourd vêtement. Tout s'est passé très vite. Elle n'a eu que le temps de lever la tête. Une jupe grise frôlait déjà son pupitre... La dame portait un chignon bas sur la nuque, un col de dentelle et un corsage ajusté. Sa tête était droite et son visage, impassible. Même si elle ne s'est pas retournée, madame Tremblay a tout de suite reconnu la femme du tableau laissé au grenier. C'était Sophia Wells...

Il se tait subitement et regarde fixement la fenêtre comme s'il craignait que ce nom ait un pouvoir incantatoire. Puis, rassuré de ne pas apercevoir la dame en gris derrière les carreaux, monsieur Morin se détend, s'illumine et son récit peu à peu m'emporte. Je vois se dérouler les événements comme si j'y étais.

Sophia Wells marche à grandes enjambées. Elle porte une pèlerine à capuchon et, de ses deux mains gantées de noir, retient contre elle sa longue jupe à plis. À la fenêtre d'une maison, en retrait de la croix du chemin, une femme la regarde. D'où vient la seigneuresse par un temps pareil? se demande-t-elle. La route est sans doute trop mauvaise pour qu'on attelle son cheval! À pied, est-ce possible? D'où vient-elle? La femme à la fenêtre oublie subitement de chercher des réponses. La question n'a plus aucun intérêt devant le spectacle qui s'offre à sa vue: la seigneuresse s'est arrêtée au Calvaire. Le ciel s'obscurcit davantage, les bourrasques de pluie accélèrent et le vent souffle durement. Sophia Wells est à côté de la croix. Elle laisse retomber les pans de sa longue jupe pour remonter son capuchon. Un coup de vent le rabat sur ses épaules. La seigneuresse tourne sur elle-même, tient sa jupe d'une main, lève l'autre pour remonter de nouveau son capuchon qui lui échappe encore. Elle élève davantage le bras pour le rattraper plus facilement. Et c'est ainsi qu'elle apparaît devant les yeux épouvantés de la femme à la fenêtre: debout devant le Calvaire, les cheveux au vent, le poing levé vers le Christ en croix.

L'année suivante (est-ce un hasard ou malédiction?), la seigneuresse est atteinte de fièvres pernicieuses. Des fièvres qui lui laissent quelque répit le jour, mais emplissent ses nuits d'effroyables cauchemars. Elle geint, étouffe, toute trempée de sueur, puis tombe dans une léthargie aussi subite que profonde. La servante qui la veille s'en inquiète. Elle prend le bougeoir et s'approche. Non, Madame n'est pas morte... Elle profite du calme de la malade pour éponger son front moite, mouiller ses lèvres. La seigneuresse entrouvre les paupières, fixe désespérément sa servante et murmure d'une voix suppliante qu'elle ne veut surtout pas voir l'abbé Lemoyne à son chevet.

— Tu m'entends, Mélanie, je ne veux pas qu'il s'approche de moi, sous aucun prétexte.

Mélanie frissonne d'épouvante, puis se contient comme elle en a l'habitude. Elle tremble à l'idée de repousser un prêtre, mais elle doit surtout obéir aux ordres qu'elle reçoit... Puis Madame fait signe qu'elle veut de nouveau parler.

Mélanie repose le bougeoir sur la chaise près du lit et se penche vers sa maîtresse.

— Mélanie, écoute mes dernières exigences. Tu as toujours été si dévouée et si fidèle. Écoute. Dans l'état où je suis, je pourrais perdre le contrôle de ma volonté. J'ai à peine conscience de ce que je dis quelquefois. J'ai peur, Mélanie.

— De quoi pouvez-vous avoir peur, Madame? Le jour, il y a vos enfants et la nuit, je suis là.

— Qui sait si l'abbé Lemoyne ne réussira pas à s'introduire jusqu'à moi?

— Mais Madame, vous lui avez interdit l'accès du manoir à la mort de votre mari, vous vous en souvenez?

— Je sais... je sais, Mélanie. Mais à ce moment-là, je n'étais pas malade... Il saura que je ne suis plus en possession de toutes mes facultés. Quelqu'un le lui fera savoir, je suis certaine. Les gens de l'île sont tous ligués contre nous. Je n'ai jamais été dupe, tu sais. Nous avons essayé de nous adapter à votre mentalité. Tu peux l'admettre, Mélanie, n'est-ce pas?

— Oui, Madame, c'est vrai, répond la servante en essuyant le front de sa maîtresse. Reposez-vous, Madame. Votre crise va reprendre si vous parlez trop.

La seigneuresse recommence à gémir. Mélanie est vraiment affligée de voir Madame souffrir, mais si elle pleure, c'est à la pensée qu'elle sera damnée si elle lui obéit. Elle remonte les cheveux de sa patronne, essuie son visage. Son cœur se remplit de compassion en même temps que de terreur. Que ces nuits de garde sont longues et pénibles, pense-t-elle en frissonnant.

— Mélanie, je ne veux pas, je t'en supplie, que l'abbé vienne me ravir mon âme.

— Ne vous inquiétez pas, Madame, dormez, marmonne la servante sur le point de s'assoupir.

Une horloge au mur, d'un son grêle, égrène ses douze coups. On frappe à la porte. Mélanie demande: qui est là?

— C'est moi, l'abbé Lemoyne.

— On ne peut pas vous recevoir, souffle Mélanie.

— Ouvre au moins que je te parle à toi.

Une fois le verrou tiré, l'audace et le courage de Mélanie ne sont plus d'aucune utilité. L'abbé repousse la vieille femme, se précipite au chevet de la mourante et s'agenouille près du lit. «Desiderium peccatorum ferebis», entend Mélanie en se portant au secours de la seigneuresse qui se débat, bien qu'elle semble déjà inconsciente. Penchée au-dessus du lit, la servante se trouve face à face avec l'abbé qui traduit pour elle, d'une voix théâtrale: «Le désir du pécheur périra avec lui». Puis, le regard illuminé, il ajoute:

— Mélanie, j'ai son âme.

— Madame sera enterrée au cimetière protestant à Trois-Saumons, rétorque la vieille servante. Ils en ont discuté cet après-midi. J'étais là, j'ai tout entendu.

— Ils feront du corps ce qu'ils veulent, dit-il d'une voix terrible. Ce qui m'importe, Mélanie, je l'ai. J'ai son âme.

Il s'enfuit de la chambre. La porte d'entrée claque. Madame ne bouge plus. Avant d'alerter la famille, Mélanie court à la fenêtre, met ses mains en

19

visière et colle son visage au carreau. Elle ne voit qu'une soutane noire se fondre dans la nuit.

* * *

Quelques années se sont écoulées depuis ce voyage à l'Île-aux-Grues. La dame en gris fait maintenant partie de mon monde familier, au même titre que d'autres personnages insolites croisés au cours de ma vie. J'y pense quelquefois, ce qui éveille simultanément aussitôt en moi la nostalgie de l'Île. Je décide donc d'y retourner.

J'arrive un jour d'automne, pendant la migration des oies blanches. Leur nombre est si grand que mes amis et moi ne savons plus où fixer nos regards. Il y en a partout, le long du rivage, en bandes dans les champs, en formation dans les airs. Plusieurs douzaines de ces merveilleuses bêtes sont accrochées par les pattes aux portes des hangars. Les taches rouge sang sur le blanc étincelant des plumes du col et du poitrail sont d'un effet saisissant. Malgré que ce soit la saison de la chasse, l'île est paisible, les chasseurs de sauvagine passant la majeure partie de leur journée tapis au fond de leurs caches, dans la vase du rivage.

Nous venons de laisser la route pour suivre le petit chemin conduisant au manoir. Plus nous approchons, plus je retrouve les émotions que j'avais éprouvées en compagnie de monsieur Morin. Je ralentis le pas. Mon compagnon en fait autant, puis il écoute mon récit avec une attention indulgente, et me regarde maintenant avec curiosité. Mon agitation intérieure doit paraître.

Mue par une secrète attirance, je m'approche de la fenêtre et fais signe à mon compagnon de venir aussi.

Le salon nous apparaît tout entier, mais les meubles disparaissent dans l'ombre, à cause d'un grand rectangle de lumière découpé par la fenêtre. Au centre de la pièce, il y a une berçante au haut dossier incurvé, aux berceaux aplatis par l'usure. Sur un des accoudoirs repose un châle à longues franges. Un châle gris.

— Un jour, dis-je d'une voix à peine audible, quelqu'un a vu Sophia Wells assise dans cette chaise. Comme c'est curieux qu'elle soit éclairée de cette façon... comme c'est étrange.

Nous avançons d'un pas et, le nez collé au carreau, nous regardons avec avidité. Alors, la frange du châle commence à bouger, et la chaise, à osciller légèrement, dans la lumière.

— Mon Dieu...

La frange de laine continue d'onduler. Il me semble que je vois déjà des mains saisir le châle pour en couvrir les épaules de cette femme morte il y a un siècle! Je vois se dessiner la forme allongée de son visage, les manches de sa robe grise, ornées aux poignets d'une dentelle, la longue jupe étalée, la pointe fine des bottines.

Bouleversée, je pose ma main sur le bras de mon compagnon. Il rabat sa main sur la mienne, puis nous demeurons ainsi muets et immobiles, les yeux rivés sur cette chaise où est peut-être assise cette dame en gris qui va apparaître à l'instant et nous regarder avec hostilité.

Notre contention est extrême. Elle dure depuis un siècle ou un moment, quand se produit un éclat de bruits: nos compagnons viennent de faire irruption dans le salon. J'étouffe un cri. Il sursaute. Durant quelques secondes, nous ne bougeons pas, laissant à notre confusion le temps de se dissiper.

Maintenant, nous nous observons avec intensité. Est-il déçu ou soulagé? Et moi, y croyais-je vraiment? Notre curiosité ne réussit malheureusement pas à vaincre notre pudeur. Nous nous sourions d'une façon ambiguë, puis nous repartons d'un pas rapide pour contourner la maison.

Nous arrivons bientôt sur la galerie qui orne toute la façade du manoir. Il ouvre la porte et s'incline légèrement pour me laisser passer.

Nous nous approchons ensemble de l'embrasure de la porte, quand je vois mon compagnon se redresser et se reculer aussitôt, brusquement. Surprise, je le regarde. Au même moment, je sens le long de ma jambe le frôlement d'une épaisse jupe de laine.

LE MATIN

C'est un de ces matins de septembre où traîne une langueur de fin d'été, un matin qui a la douceur d'un sursis. Marie prépare le café. Le rasoir électrique de son mari grésille dans la radio. Puis la petite salle à manger où ils viennent de s'attabler s'emplit d'une odeur de pain grillé.

Le rideau de dentelle, devant la fenêtre entrouverte, bouge à peine. Il reflète ses minuscules festons dans les vitres de l'armoire victorienne. Marie apporte le pot de café. Les ustensiles miroitent sur la table où le soleil accentue la blancheur de la nappe. La pièce, tout inondée de lumière, se referme douillettement sur eux. Marie, se sentant observée, redresse le col de sa robe de chambre, geste qui lui est maintenant familier. Elle claironne son âge, s'insurge contre ceux qui n'acceptent pas de vieillir, mais camoufle les flétrissures de son cou.

Il est déjà assis, tout frais dans sa chemise immaculée, son veston de flanelle grise pendu au dossier de sa chaise. Il a l'air épanoui.

— Ce que tu as l'air jeune ce matin, dit-elle avec une ferveur soudaine.

— Toi aussi tu as l'air bien. Je dirais même que tu es particulièrement jolie.

Quelle satisfaction de se retrouver ainsi dans les yeux et les paroles de l'autre après tant d'années de vie commune. Marie laisse retomber le col de sa robe de chambre et continue de sourire en mangeant distraitement, pendant qu'il écoute le bulletin de nouvelles à la radio. Puis il se lève, endosse son veston, resserre le nœud de sa cravate. Il s'informe des projets de sa compagne, ne lui donne pas le temps de répondre, ajoute doucement: «À ce midi» et se précipite dans l'escalier. Elle écoute le bruit décroissant de ses pas.

Elle ferme la radio et retrouve, dans le silence matinal, son mystérieux désir d'écrire, qui lui apporte pourtant autant de frustrations que de plaisirs. Elle se verse un autre café et s'apprête à planifier l'emploi de sa journée, à calculer les heures qu'elle passera à son pupitre, quand la pièce se remplit d'une capiteuse odeur de roses. Elle tourne la tête vers la fenêtre entrouverte, et aussitôt revient l'autre désir: sortir. Ses randonnées dans le Vieux-Québec se terminent ordinairement sur un banc des glacis de la Citadelle, tout au bout de la rue Saint-Denis. Elle s'y installe, face à l'immensité du fleuve, comme une contemplative dans la cour de son cloître. Elle demeure ainsi jusqu'à la complète vacuité de son âme, qui peu à peu est envahie du besoin de n'être plus que sentiments et sensations. Comment peut-on en arriver, dans la vie, à désirer autre chose? Pourquoi s'embarrasser d'écriture et de questions métaphysiques?

Ce matin-là, Marie s'habille rapidement. Le pot de lait demeure sur la table et le lit, défait. Elle descend la rue d'Auteuil à grandes enjambées, hume l'air, ferme à demi les paupières pour offrir au soleil matinal un visage subitement rajeuni de dix ans.

— Bonjour, mademoiselle Clara, vous allez bien? fait-elle en croisant une dame.

Le ton est plus affirmatif qu'interrogateur. Elle serait vraiment embêtée que mademoiselle Clara ait des malaises. Cette allègre vieille femme la rassure sur sa propre longévité.

Marie s'arrête un instant devant la porte cochère ouverte sur une cour minuscule. Un hydrangée ploie sous la profusion de ses grappes devant une rose trémière dressée, toute veloutée de mauve. Participer au mystère charnel de la nature! pense-t-elle, déjà exaltée.

En le libérant des foules étrangères, septembre a redonné au Vieux-Québec sa dignité de vieil aristocrate. Ses habitants ont perdu leurs gestes de figurant-classé-bien-historique. Ils retrouvent leurs manies et leurs habitudes. Les rares touristes ont des manières d'invités. Marie ralentit le pas pour savourer cette température dont le pouvoir secret transforme tout: depuis l'opinion qu'elle a d'elle-même jusqu'au destin de l'humanité, et lui fait prendre des résolutions aussi philanthropiques que temporaires.

— *Excuse me, Madam, St. Louis Street, please.*

Marie s'arrête aussitôt et se tourne amicalement vers le touriste.

— Mais c'est ici, tout près. Le prochain coin de rue, à droite.

L'Américain sourit béatement, heureux sans doute d'avoir compris cette explication sans recourir au dictionnaire qu'il tient à la main. Il s'incline et répète:

— *Thank you, Madam, thank you.*

Comme il semble content qu'on s'occupe de lui, pense Marie. Déjà, elle entend les commentaires qui accompagneront la séance de projection qu'il fera subir à ses parents et amis dès son retour de voyage.

«Ici, une des murailles qui entourent la plus vieille partie de Québec. Les habitants de ce quartier sont particulièrement gentils», ajoutera-t-il en pensant à elle.

Le touriste est toujours là. Il cherche dans son guide une indication qu'il n'a pas comprise. Tiens, il a trouvé. Sous la visière de sa casquette, il a le regard candide du vacancier. Tout son visage reflète la bonne volonté. La veille, sans doute, il a essayé de retenir la date de la construction du Château Frontenac où il est descendu. L'avant-veille, il a demandé bravement au portier de l'hôtel où il pourrait voir une manifestation séparatiste. Marie se penche vers lui, puis élève la voix comme chaque fois qu'elle parle à un anglophone.

— Ce que vous cherchez, c'est la rue du Parloir.

Sans trop comprendre, il acquiesce d'un signe de la tête, en accentuant son sourire.

— Vous ne pouvez pas la manquer. Venez que je vous montre.

Il la suit docilement.

— Voyez, c'est là-bas, deuxième coin à gauche. Allez voir aussi la chapelle des Ursulines. Elle vous plaira, j'en suis certaine.

— *Thank you, thank you, you are so kind.*

Il fait un dernier signe de la main, puis s'éloigne. Marie le suit. Il ne regarde même pas le monastère! Tout ce qu'il cherche, c'est le détail pittoresque. Elle sourit avec indulgence. Elle en a un coffre plein de ces diapositives esthétiques, classées soigneusement dans des carrousels inutilisables. Elle se félicite quand même du conseil qu'elle vient de donner. Sans lui, le touriste n'aurait pas éprouvé toute cette excitation. Il photographie le feston ajouré du balcon à gauche, un motif de dentelle de la fenêtre en face de la statue de Marie de l'Incarnation, une poignée de porte.

Marie se dirige vers la côte Sainte-Geneviève, quand elle reconnaît un personnage qu'elle a déjà rencontré et qui l'intrigue, car elle a appris qu'il offre régulièrement de l'or à sa femme en guise de cadeau. Elle essaie d'imaginer l'expression de l'épouse au moment où elle reçoit un tel présent... Peut-être éprouve-t-elle un sentiment de haine? Peut-être est-elle ravie? Marie s'est arrêtée. Elle baisse les yeux jusqu'à ce que le personnage soit disparu. Mais comme son impression pénible persiste, elle décide de faire un détour par la côte de la Fabrique: il est subitement urgent qu'elle achète un vêtement.

Le temps de traverser la Place d'Armes, de longer la Basilique, elle retrouve cette plénitude qui l'a envahie ce matin.

Elle pousse la porte du magasin avec désinvolture. Sur les comptoirs sont étalés des vêtements soyeux, des robes de nuit garnies d'appliques de dentelle.

— Bonjour, Madame, vous allez bien? questionne une commis, toute gentille.

Et elle ajoute qu'elle a pensé à elle en recevant cette petite robe qui est là, à gauche, suspendue au crochet.

— Vite, allez l'essayer, elle vous ira comme un gant. Ce modèle est tout à fait votre genre... J'allais justement vous téléphoner.

Marie sourit d'attendrissement avant de se précipiter vers cet objet précieux qui lui est destiné.

— Celle-ci? demande Marie en élevant un cintre à bout de bras. Elle est charmante. Tout à fait ce qu'il me faut. Je ne sais vraiment pas comment vous remercier!

— Faudrait tout de même prendre le temps de l'essayer, conseille la commis sans se départir de son amabilité.

Elles partent l'une derrière l'autre, comme si une soudaine connivence les unissait. Elles se dirigent vers la cabine d'essayage. C'est la commis maintenant qui tient la robe, une robe de chiffon, toute fleurie de roses. Ravissante, répète Marie, qui ne porte toujours que des vêtements unis, de coupe classique.

Pour être certaine de ne pas se tromper... D'habitude, elle est désemparée dans les magasins. Elle a toujours oublié la taille de ses bas-culottes, elle ne sait plus très bien pourquoi elle est là, ce qu'elle veut vraiment, elle devient si fatiguée subitement, si bêtement intimidée par les regards impatients des vendeuses. Heureusement, aujourd'hui, cet état d'âme lui est étranger! L'a-t-elle vraiment déjà ressenti? Elle en doute...

Marie sort du magasin en balançant joyeusement, à bout de bras, le sac en plastique argenté qui contient, roulée dans un papier de soie, une robe de chiffon qu'elle ne portera sans doute qu'une seule fois.

Elle jette un coup d'œil à sa montre et accélère le pas. Au belvédère de la rue Saint-Denis, son banc habituel est libre. Elle s'y laisse tomber, tout essoufflée d'avoir monté si rapidement la dernière pente. Elle pose ses pieds à plat, étend ses deux bras sur le dossier du banc.

Cet endroit est vraiment son lieu préféré. Le fleuve, tout éclatant de lumière, s'éloigne vers l'est en étreignant les îles avant d'aller se coller, arrondi, à la côte de Beaupré. Puis les falaises s'élèvent, se gonflent en direction de Charlevoix, là où le fleuve se réinvente une splendeur.

Le belvédère est désert. La rumeur diffuse de la ville est comme un bruit de fond. Au premier plan, on entend le roucoulement perlé des pigeons et, venant des bosquets du parc, les vocalises des pinsons chanteurs. Marie ne bouge pas. Elle regarde et écoute avec une voluptueuse et si intense attention qu'elle ne remarque pas encore le couple qui vient d'arriver. Puis elle tourne la tête et le voit qui avance lentement avec élégance. De la main droite, l'homme tient une ciné-caméra. De la gauche, il tire sa compagne essouf-flée.

Ils s'arrêtent bientôt, côte à côte, émerveillés. Ils bougent la tête de droite à gauche, doucement, en silence, puis s'avancent d'une vingtaine de pieds comme si, cette distance abolie, ils allaient y voir mieux. Un nuage obscurcit un instant le panorama puis laisse passer un faisceau de rayons lumineux qui allume le toit rouge d'une maison blanche de l'autre côté du fleuve. Marie les entend rire. Ils sont mainte-nant près de la balustrade. Elle remarque que la che-velure de la femme est grise, mais d'un gris uni et doux. Ses joues affaissées alourdissent la ligne de la mâchoire, mais il se dégage de ce visage flétri une beauté sereine et émouvante. Des sexagénaires bien conservés, vêtus avec le meilleur goût, pense Marie, émue. De son bras gauche, l'homme encercle les épaules de sa femme, la serre contre lui, puis recule jusqu'au talus et prépare sa ciné-caméra. La femme s'est retournée et incline un peu la tête vers son épaule comme si elle pouvait ainsi mieux regarder son com-pagnon.

Derrière elle, tout est mobile: le jeu des vagues, les intermittences du soleil, les taches blanches des traversiers, les lignes rouges et noires des remor-queurs, les triangles des voiliers, le fugitif trait des mouettes, l'eau, le ciel, tout est en mouvement.

Marie se lève discrètement, suit, sur le talus, une ligne oblique ascendante qui la conduit dans la trajectoire de la caméra.

Elle est vraiment curieuse de voir ce qu'il va choisir de filmer. L'appareil commence à ronronner. Il est braqué sur la femme. Marie remarque, par le jeu de la main gauche de l'homme, que doucement il ouvre la lentille en rapprochant son objectif. La femme ne bouge pas, sauf de la lèvre supérieure et des paupières. Marie voit apparaître deux incisives blanches et le brun mordoré de l'iris au complet. Le regard, devenu brillant, fixe l'ouverture de la lentille avec intensité, puis se voile de volupté.

Lui, par le truchement de l'appareil, caresse le corps de la femme. Il suit les jambes, les cuisses, s'arrête sur le ventre, contourne les seins, monte le long de l'épaule jusqu'au lobe de l'oreille, inventorie chaque détail du visage, puis redescend.

Marie est troublée, en même temps qu'honteuse d'être ainsi plongée dans l'intimité de ces deux étrangers. Elle s'éloigne discrètement en continuant d'escalader le talus. Tant pis, elle rentrera chez elle en passant par les Plaines. Elle jette un dernier regard et hâte le pas en consultant sa montre.

Midi et quart! Est-ce possible? Il y a deux heures qu'elle est là! Mon Dieu, comme elle est en retard! Aucun doute, son compagnon est déjà rentré.

La voilà bouleversée comme une jeune femme qui craint de rater un rendez-vous d'amour. Elle n'a plus d'âge et se met à courir.

LE VOYAGE À PERCÉ

Aux environs de Chandler, la voie ferrée est posée sur la longue courbe charnue d'un barachois. Je remarque que la brume, jusque-là dense et grise, devient blanche et s'effiloche. Elle se soulève à droite, dégageant une entaille de mer agitée de courtes vagues, un pan de falaise de grès rouge et une bande de sable blond où se promènent gravement quelques goélands.

De l'autre côté du barachois, un étang se noie sous un couvert de joncs et de quenouilles. Des hérons bleus y sont piqués, silencieux et immobiles. Quelques-uns, le cou à l'horizontale, attendent que se faufile entre deux tiges l'éventuelle proie. D'autres, le col tendu, le bec pointé vers l'infini, poursuivent leur contemplation solitaire.

La brume se referme en même temps que la porte de la chambrette en face de la mienne. J'en suis réduite à observer la tonalité subtile mais changeante de ce rideau dense et mou qui me bloque la vue. Ou j'observe le dessin des filets de pluie qui, sur ma vitre, défient les lois de la gravité.

Notre train s'est arrêté une heure à l'embranchement de la Matapédia avant de repartir vers le Nouveau-Brunswick. La voie ferrée suit le littoral de la baie des Chaleurs, sectionnant des villages, en isolant d'autres de la mer ou passant carrément sur la place. À chaque station, un long temps d'arrêt semble prévu, afin que le train soit en retard selon son habitude.

Heureusement, mes amis n'ignorent pas cette déplorable manie. «T'en fais pas, on vient tout juste d'arriver», me disent-ils en m'accueillant. Je les ai aperçus de la fenêtre, chaussés de bottes en caoutchouc, sous des cirés de pêcheurs tout luisants de pluie.

La plupart des voyageurs descendent aussi à cette station qui dessert Percé. Mais à peine avons-nous touché le quai que le train repart, emportant nos bagages. Figés d'étonnement durant quelques secondes, les gens réagissent de différentes façons. Les plus faibles brandissent le poing en criant qu'on va leur payer cette insulte, sans préciser de quelle façon. Un jeune homme dans la trentaine, aveuglé de colère, essaie d'enfoncer la porte de la gare alors que de toute évidence ses valises n'y sont pas. Un costaud, un peu plus âgé, court s'accrocher à la cambuse pour arrêter le convoi. Il glisse sur les semelles de ses bottines jusqu'à la limite extrême du quai, lâche prise pour ne pas piquer du nez dans les orties, revient vers nous piteusement, puis retrouve sa dignité en jurant copieusement. La plupart des voyageurs, dépités d'abord, choisissent le meilleur antidote en pareilles circonstances: l'humour. On ne va pas gâcher un début de vacances! La désinvolture de la compagnie de chemin de fer devient un sujet de drôlerie pendant que le train disparaît derrière un renflement de terrain. Il ne reste de lui que l'écho de ce sifflement qu'ordinairement j'aime tant. Il me semble, ce jour-là, y percevoir un accent de raillerie.

— Soyez patients, crie un chauffeur de taxi, collé au mur de la façade de la gare, derrière le rideau de pluie qui tombe du toit. Soyez patients, vous les aurez, vos valises, quand le train reviendra de Gaspé. En attendant, mon «char» est là, ajoute-t-il en courant vers une vieille Buick qu'il pointe du doigt.

Ce boniment et le mouvement précipité du chauffeur vers sa voiture ont un effet immédiat. Le groupe des voyageurs s'agite. Des jeunes campeurs commencent sur-le-champ, avec une rapidité remarquable, à dresser une petite tente que l'un d'eux transportait sur son dos. La plupart des arrivants s'élancent vers les trois taxis rangés près de l'embarcadère. Les chauffeurs ne réussissent pas à contrôler les passagers qui s'engouffrent dans leurs grosses voitures américaines. Le premier démarre rageusement. Le deuxième referme la portière, puis va vérifier, inquiet, l'état de ses pneus. Le troisième, plus débonnaire, avant de démarrer, baisse sa vitre pour rassurer ceux qui n'ont pas réussi à trouver place dans les voitures: les plus timides et les plus polis, sans doute.

— Nous reviendrons, soyez sans inquiétude, nous reviendrons, crie-t-il avec compassion.

Un homme soulève son parapluie et prend l'accent pathétique d'un exclu de l'arche de Noé:

— Vous allez revenir... mais quand?

Le chauffeur fait marche arrière pour se rapprocher de la plate-forme, baisse de nouveau sa vitre et dit d'une voix forte et rassurante:

— Le temps de faire cinq kilomètres jusqu'à Percé. Ça ne sera pas long puisque je connais la route par cœur. Puis, si je ramène pas le chef de gare, je rapporterai au moins la clef de la porte. Vous serez à l'abri pour attendre vos bagages! Espérez-moi, je reviens aussi vite que je le pourrai.

Lise et moi, nous nous sommes réfugiées sous le larmier du toit, derrière le rideau de pluie, et nous nous amusons du spectacle. Jean est allé chercher la voiture. Il revient bientôt la ranger près du quai.

Nous venons de nous engouffrer dans la Renault et nous sommes occupées à enlever nos imperméables, quand quelqu'un frappe à la portière. Jean baisse sa vitre. Curieuse, de la banquette arrière, je fais de même. Une femme dans la cinquantaine, une mallette à la main, se penche vers Jean et demande d'une voix bizarre:

— Et moi, qu'est-ce que je fais?

Elle a le regard fixe mais confiant. Le premier mouvement d'étonnement passé, Jean répond avec empressement:

— Montez d'abord et on verra ensuite.

Elle est agile pour son âge. En un rien de temps, elle est assise près de moi. Elle place sa mallette debout sur la banquette entre nous deux, tout en continuant d'en tenir la poignée de sa main gantée. Je remarque aussitôt qu'elle porte un manteau de bonne coupe sous un imperméable transparent. Un bonnet en plastique recouvre sa chevelure châtaine fraîchement coiffée. Elle ne fait aucun geste pour dénouer son col. Elle semble tout à fait indifférente à cette pluie qui, maintenant, dégoutte de ses vêtements, de sa mallette et de ses gants.

Au moment où Jean vérifie d'un coup d'œil pardessus son épaule si l'inconnue est bien installée, elle tourne la tête vers moi:

— Qu'est-ce que je fais? redemande-t-elle, avec l'air ahuri de quelqu'un qui, par inadvertance, vient de franchir la frontière d'un pays étranger.

— Vous allez où, Madame? s'enquiert Jean d'un ton poli.

— Mais je ne vais nulle part, réplique-t-elle aussitôt, je ne vais nulle part puisque je retourne à Montréal.

Mes compagnons assis en avant ne peuvent décemment observer l'étrange passagère, mais je vois qu'ils se figent d'étonnement.

— Vous retournez à Montréal alors que vous venez à peine d'en arriver? dis-je d'une voix douce, comme si je craignais de l'effaroucher par une question indiscrète.

Elle répond d'une voix singulière mais très calme:

— J'étais convaincue que je n'aurais même pas besoin de changer de train. Je ne sais vraiment pas ce

qui m'a incitée à descendre à cette gare. Il pleuvait tellement... J'ai dû lire Gaspé au lieu de Percé sur la plaque...

La fin de la phrase se perd dans un murmure.

Je remarque la qualité de son sac à main, de ses
gants. Je peux au moins, malgré l'étrangeté de ce
voyage, être rassurée sur son confort.

— J'imagine que vous aviez pris la précaution
de réserver une couchette?

— Comme les dossiers des fauteuils sont incli-
nables, je n'en ai pas vu l'utilité, répond-elle, imperturbable.

— Oui, mais le trajet est si long. Vous avez pu
dormir?

— Tout autant que les autres passagers, dit-elle
vaguement comme s'il s'agissait d'un détail superflu.

Nous nous sentons mal à l'aise.

— Je vous ferai descendre à l'Étoile de mer, dit
Jean avec précipitation. Avec un peu de chance, vous
pourrez apercevoir le Rocher Percé. Dans la brume,
ce sera ravissant.

— Ah! oui, c'est vrai, le rocher, répète-t-elle
avec indifférence.

Les rafales de pluie ont diminué. Les bourrasques du vent se calment aussi. Des gouttes pesantes
martèlent le toit de l'auto, puis cessent subitement.
Nous sommes maintenant enveloppés d'une brume
duveteuse qui nous isole de tout, sauf du bout d'asphalte sur lequel nous roulons avec prudence.

Elle ne semble pas s'être aperçue du change-
ment. Sa main gantée est toujours posée sur la mal-

lette. Je vois son profil délicat à travers son capuchon. Elle regarde fixement par le pare-brise. J'ai l'impression qu'elle voit le néant.

Nous roulons lentement. Je perçois le murmure confus des propos qu'échangent Jean et Lise, puis, subitement, j'entends les battements de mon cœur. La détresse de cette femme devient trop tangible. Pour faire diversion, je dis, faussement enthousiaste:

— C'est amusant, ce genre de voyage que vous faites!

— J'étais en visite chez ma fille quand j'en ai eu l'idée, répond-elle. Pourtant, quand je suis chez ma fille, c'est que j'arrive de voyage...

Elle se tait brusquement, semble étonnée, consciente peut-être de la singularité de ce voyage-ci.

— L'Étoile de mer, ça vous plairait? redemande Jean avec de plus en plus de gentillesse.

Il se retourne même un instant vers elle pour lui sourire. Elle répond avec douceur:

— Vous qui êtes du pays, vous savez sans doute, malgré cette brume, où se trouve le restaurant le plus proche.

— Il y en a un tout près, mais il est vraiment trop moche. Même si la brume se lève, vous ne verrez pas la mer.

— L'important, c'est que je sois près du train, répète-t-elle.

— Je pense que vous aimez les trains, dis-je d'un ton que je veux badin.

— Seulement les trains, répond-elle d'une voix énigmatique.

— Mais pourquoi?

Je me sens devenir brusque, ce qui me déplaît, car j'aime me donner l'impression que je suis plutôt portée à la mansuétude.

— Les trains?

— Oui, pourquoi les trains?

Elle demeure pensive quelques minutes, puis me regarde en souriant. Pour la première fois depuis qu'elle est montée dans la voiture, elle semble intéressée.

— Oui, en fait, pourquoi les trains? ricane-t-elle curieusement.

J'attends en constatant que l'attention des occupants de la banquette avant est aussi intense que la mienne.

Elle réfléchit un long moment, la tête inclinée, en fixant ses genoux, puis elle murmure avec précipitation:

— Je pense que c'est le seul endroit où je puisse endurer ma solitude. Les gens marchent dans l'allée. Je peux aussi me lever, aller m'acheter un sandwich. Et par la fenêtre, se déroule le paysage. La terre entière est en mouvement et j'aime le roulis, le claquement métallique et régulier des roues. Tout ce à quoi je pense, c'est à acheter un billet pour prendre un train.

— La solitude vous rend vraiment si malheureuse? s'exclame Lise en se retournant.

— Pas la solitude, la mienne, dit-elle doucement, ce genre de solitude qui accompagne le chagrin.

Nous sommes déroutés devant cette femme si correctement vêtue, qui vit d'une façon si extravagante, mais si bienséante, un chagrin qui doit être immense.

— Vous voulez toujours que je vous dépose au prochain restaurant?

— S'il vous plaît, oui, s'il vous plaît.

Jean tourne à angle droit vers une montée de gravier. Au bout, il y a un restaurant en imitation de brique. Une réclame, entourée de clignotants multicolores, fait une énorme tache lumineuse dans la brume. On peut quand même y lire: *Mets chinois*.

— Ils doivent certainement pouvoir vous offrir autre chose que du chop suey en boîte! dit Lise, honteuse de sa région natale.

— Vous n'êtes pas malade? s'enquiert Jean avec sympathie.

— Vous êtes certaine que vous n'avez besoin de rien? demandé-je étourdiment.

Au moment où elle va nous laisser, nous sommes subitement très inquiets. Elle s'en aperçoit sans doute, puisqu'elle dit avec précipitation:

— Je vais très bien, très bien. Mais cette chose est si difficile à supporter... Quand elle devient intolérable, je pars. On promène bien les enfants pour les calmer, n'est-ce pas?

Personne n'ose lui souhaiter bonne chance alors qu'elle descend de la voiture. Avant de refermer la portière, elle se penche vers nous avec un sourire triste:

— Ne vous inquiétez pas. Ce genre de chose... il

n'y a que moi pour m'en occuper.

Jean va la reconduire jusqu'à la porte du restaurant pendant que Lise et moi, dans la voiture, commençons déjà à éprouver du remords. C'est bête, on aurait dû la garder avec nous puisqu'on retourne à la gare dans deux heures! Quand je pense qu'on se croit charitables!

En retournant chercher ma valise, nous décidons de nous arrêter au restaurant où nous l'avons laissée.

— Une femme bien coiffée, bien vêtue, avec un imperméable transparent et une petite valise? répète gentiment le garçon de table. Oui, je me souviens. Elle est entrée, s'est dirigée vers la table là-bas, s'est assise, s'est relevée, m'a dit merci et est repartie.

— Elle a demandé un taxi?

— Non.

— Elle est repartie à pied?

— Ça doit, si elle n'a pas appelé de taxi, répond le garçon, impatient.

— Merci, dit Jean.

À la gare, les voyageurs revenus prendre leurs bagages se mêlent aux passagers en partance pour Montréal. Nous nous précipitons vers eux.

— Vous n'auriez pas remarqué une femme triste, au regard perdu, qui porte un imperméable transparent et des gants?

Personne ne l'a vue. Le train arrive. Lise monte à bord, traverse tous les wagons en courant. Elle n'y est pas.

Le train repart, les voyageurs aussi. Je dépose

ma valise sur le quai désert. Le convoi disparaît dans un détour. Il a dépassé le passage à niveau puisqu'il ne siffle plus. Mais nous sommes encore là tous les trois, malheureux et déconcertés, le visage levé dans sa direction.

Quand je suis sur le quai d'une gare et qu'il pleut, il m'arrive encore de donner son signalement.

LA REDINGOTE

Quand le père mourut, la famille rassemblée suivit tous les usages, observa tous les rites, dont le dernier consiste à se répartir l'héritage. C'était une famille respectable et nombreuse. Elle avait la particularité de ne compter que des garçons. Le père, prévoyant qu'il n'aurait pas les moyens de les établir sur des fermes, avait décidé de les faire instruire. La plupart avaient donc des diplômes, un avenir assuré, sauf Ernest, le cinquième fils, qu'un caprice de la nature avait marqué. Une confusion dans la répartition des gènes héréditaires, ou une malédiction, l'avait rendu imperméable à tout enseignement. Prisonnier de son âme d'enfant, il demeurait auprès de sa mère vieillie.

Comme l'héritage ne comportait pas d'argent, il fut convenu qu'on se partagerait les objets et les vêtements du défunt. Le butin était modeste, la part de chacun très mince. Le partage ne se fit donc pas avec la frénésie habituelle, mais dans une indifférence générale qui faillit avoir pourtant les mêmes résultats. Il s'en fallut de peu qu'on oubliât Ernest qui se tenait à l'écart. Heureusement, l'aîné s'en aperçut à temps. Il remit à l'orphelin quinquagénaire la redingote noire qui n'avait pas trouvé preneur. Jamais Ernest n'aurait eu le courage de demander ce vêtement impressionnant, que sa mère rangeait tout au fond de la penderie sous une housse de coton. Elle était magnifique, cette redingote. Et presque neuve, puisqu'elle n'avait été portée que deux fois: d'abord au banquet donné à l'occasion du tricentenaire de la paroisse, puis lors de l'investiture du père comme marguillier d'office.

Ernest reçut son héritage avec une grande émotion. Il attendit, dans une impatience qui le rendit maussade, que le repas des funérailles fût terminé. À peine le dernier de ses frères lui eut-il donné la main, en ajoutant les phrases affectueuses et invariables qui accompagnaient chaque départ, qu'Ernest se précipita vers sa chambre au-dessus de la cuisine.

Il ferma sa porte, en bloqua la poignée avec le dossier d'une chaise, puis endossa la redingote. Il se retourna plusieurs fois devant le miroir de la commode, recula jusqu'au mur pour essayer de se voir de pied en cap, mais ne put y parvenir. Il lui manquait les jambes et, s'il inclinait le miroir, il perdait la tête et les épaules. Il observa donc la partie supérieure du vêtement, puis monta sur une chaise pour regarder le pantalon: le pli tombait droit, la longueur était parfaite. Il se familiarisa peu avec peu à l'idée que la redingote lui appartenait. Et il la vénéra.

Le soir, quand il arrivait dans sa chambre, il allait vérifier si elle était bien à sa place sur le cintre. Il pinçait une poussière sur le tissu, la soufflait par-dessus son épaule, vérifiait de nouveau les plis du pantalon, puis refermait la porte de la penderie.

Quelques semaines passèrent ainsi. Puis un soir, en touchant à la redingote, il eut le désir de pouvoir l'utiliser. Avec les jours, cet extravagant souhait devint un besoin impérieux. Il lui fallait porter la redingote. Mais de quel droit pouvait-il se le permettre, se demandait-il, de quel droit?

Il n'avait pas fait d'études et ne travaillait qu'occasionnellement, ses aptitudes manuelles étant aussi restreintes que ses facultés intellectuelles. Il vivait avec sa mère d'une modeste pension que lui versaient ses frères. Cette situation ne lui permettait tout de même pas, sans provoquer l'ire générale, de porter une redingote qui ne convenait nullement à son statut social ni à son genre de vie.

Un soir, alors qu'il tient le vêtement devant lui à bout de bras afin de le contempler sous tous les angles, Ernest est envahi d'une grande tristesse. Il ressent en même temps un sentiment de frustration, ce qui déclenche ordinairement chez lui des emportements bizarres auxquels personne ne fait attention. Pendant qu'il fixe obstinément la redingote, une idée traverse son esprit. Il se couche aussitôt pour imaginer les moyens de la mettre en application.

Le lendemain matin, il est si heureux du plan qu'il a difficilement élaboré la veille, qu'il décide aussitôt de l'exécuter. C'est ainsi qu'il devient l'assistant du croque-mort, ce qui l'autorise, à porter la redingote. Dire qu'il est assistant serait donner à ce rôle une importance qu'il n'a pas. Disons qu'il devient le double du maître des cérémonies funéraires, répétant avec minutie tous les gestes de son patron. Celui de la main droite: ici, Madame, vous êtes de la famille paternelle du défunt. Celui de la main gauche: là, Monsieur, la famille maternelle. Il imite tout: le rythme du pas, la longueur du mouvement, l'attitude discrète et déférente. Il réitère les indications du directeur des pompes funèbres à vingt pieds de distance, ce qui évite à ce dernier de répéter le protocole aux parents et allège ainsi sa tâche.

Un matin, je suis chez mon boucher quand le glas sonne au clocher de l'église. Je compte les trois volées signalant le décès d'un homme, mais je réprime mes réflexions habituelles. Mon boucher d'ailleurs est distrait.

— Est-ce que c'est du porc ou du bœuf que vous m'avez demandé?

Lui, ordinairement si attentif!

— C'est combien de livres, déjà?

Il n'attend pas ma réponse, me regarde avec embarras, soulève les épaules en guise d'excuses:

— Si vous n'êtes pas trop pressée, on va regarder passer le cortège de Télesphore Bolduc. Je suis allé à l'école avec lui.

Il quitte aussitôt son comptoir. Je le suis. La vitrine de sa boutique donne directement sur la rue. Au bout de l'étagère réservée aux boîtes de soupe et aux pots de cornichons, s'élève une colonne de caisses de bière. Nous nous glissons discrètement derrière: le menton du boucher est au niveau de la dernière caisse. Moi, ne me dépassent que les yeux. À peine sommes-nous embusqués que paraît le défilé. Le croque-mort ouvre la marche d'un pas solennel. Derrière, à la distance convenue, Ernest avance avec une assurance et une satisfaction qui le transfigurent.

Malgré les fatigues et l'énervement que lui cause sa fonction, par laquelle il ne touche aucun salaire, Ernest supplie Dieu de multiplier les funérailles. Il vit maintenant comblé de cette illusion: c'est lui qui succède à son père, puisqu'il porte dignement la merveilleuse redingote.

DOLORÈS, I

— Tu peux venir, Dolorès, dit madame Lafond avec un large sourire que trahit la lueur mesquine de ses petits yeux jaunes. Viens. La vaisselle, tu la feras à notre retour si Euclide se charge de traire la vache et de soigner les poules. Sinon, tu as toute la soirée.

Dolorès regarde, découragée, les piles d'assiettes qui recouvrent le comptoir de la cuisine et les dégâts de la veille: le plancher sale, le poêle encombré de chaudrons encroûtés.

Elle hausse les épaules avec résignation. C'est toujours comme ça quand Marjolaine vient le samedi avec ses trois morveux et son saoulon de mari qui laisse dégouliner sa bouteille de bière sur le plancher et secoue la cendre de sa cigarette à côté de sa chaise.

— Tu viens ou tu viens pas? répète madame Lafond.

Le pasteur avait paru scandalisé qu'ils n'aient pas d'eux-mêmes pensé à amener la jeune fille à l'office religieux. Qui la convertira si ses parents nourriciers ne s'en chargent pas? avait-il dit à madame Lafond.

— Oui, oui, je viens, répond Dolorès avec la spontanéité de ses seize ans, en dénouant son tablier.

Elle se précipite vers sa chambre, d'où elle redescend vêtue de sa robe du dimanche en cotonnade rose. Elle attache d'un ruban son épaisse chevelure bouclée, une chevelure étonnante de vigueur qui contraste avec l'apparence chétive de son corps d'adolescente.

La Chevrolet est garée devant les marches de l'escalier. Monsieur Lafond fait gronder le moteur dont les vrombissements se répercutent sur le mur de la grange. Depuis qu'il y a des voitures européennes dans la région, il a appris qu'il faut réchauffer le moteur avant de démarrer. Le principe est sans doute bon puisqu'il est applicable aux chevaux, avait-il pensé. Madame Lafond n'est pas d'accord, comme d'habitude.

— Voyons, Euclide, un char c'est rien que de la mécanique, répète-t-elle encore une fois.

Cette façon qu'a son mari de faire gronder le moteur par secousses intermittentes l'énerve, mon Dieu que ça l'énerve!

— Pars ou je crie, menace-t-elle, les dents serrées.

Monsieur Lafond, impassible, appuie une dernière fois sur l'accélérateur, tend l'oreille vers le moteur qui semble prêt d'éclater, puis démarre avec une brusquerie qui fait rejaillir les cailloux sous les ailes de l'auto et plaque la tête de madame Lafond contre le dossier.

— On dirait que tu veux me décapiter, rugit-elle en se redressant.

Le voyage dominical vient de commencer.

Dolorès s'installe au milieu de la banquette arrière afin de pouvoir observer les deux côtés de la route à la fois.

Tous les dimanches, ils vont à Thetford. Les Lafond auraient préféré aller moins loin, mais ils n'ont pas le choix, l'église baptiste la plus proche se trouvant à Thetford. Ils ont adhéré à cette religion nouvelle en même temps que quelques autres familles de Saint-Elphège. Ils font maintenant partie du groupe marginal que la majorité des paroissiens feint d'ignorer.

Ce rejet était prévisible, ainsi que ses conséquences prévues. C'est pour cette raison que les Lafond ont mis six mois avant de se décider à changer de religion. Six mois de discussions avec leurs anciens coreligionnaires et de conciliabules secrets avec les nouveaux. Un bon jour, il a bien fallu choisir. C'est fait. Certains arguments des propagandistes de Thetford les ont ébranlés: la dîme catholique est trop élevée, certains curés, indignes de leur rôle... Mais finalement, la raison qui motiva leur adhésion fut qu'ils n'auraient plus à se confesser. Ils détestaient cet exercice qui les forçait à mentir ou à s'humilier. Il est tellement plus simple de traiter directement avec Dieu, a dit le propagandiste baptiste. La volonté divine s'exprimant au complet dans la Bible, il suffit d'interpréter les paraboles pour comprendre les obligations de chacun et remplir les conditions qui assurent le salut éternel.

— Une fichue belle religion, pas vrai, Irma? Une religion où on est tous sur un pied d'égalité!

— Je te crois, on est tous des quêteux, ricane madame Lafond en continuant à se ronger les ongles.

— Je te comprends vraiment pas, Irma. C'est toi-même qui me l'as fait remarquer dimanche dernier. Tu m'as poussé du coude puis tu as murmuré: Écoute, Euclide, dans le banc en arrière de nous autres, ça parle anglais.

— Pauvre Euclide, parler anglais, ça ne veut pas dire que c'est pas des quêteux. Tu me fais penser à madame Trépanier quand on était à Toronto l'an dernier avec le Cercle des fermières; elle n'en revenait pas que des enfants de trois ans parlent déjà anglais. Nous autres, on a surtout connu des boss anglais mais enfin, Euclide, ôte tes œillères. Tu te souviens de ce que le pasteur Finlay a dit il y a quinze jours?

Elle soupire. Est-ce qu'il vaut vraiment la peine d'aller à l'office tous les dimanches si Euclide n'écoute pas les sermons? Elle jette un regard furieux à son mari avant de suggérer de commencer la lecture de la Bible.

— Laissons encore un peu de temps à Dolorès pour se reposer, répond monsieur Lafond en élevant la voix et en tournant la tête vers la petite.

— Hypocrite, siffle sa femme. Tu trouves toujours un prétexte pour écourter tes dévotions.

— Irma, rien ne t'empêche de commencer toi-même la lecture.

— Ça me fatigue, tu le sais très bien. Et puis pourquoi je me donnerais cette peine pendant que Dolorès se prélasse? ajoute-t-elle en baissant la voix.

Inutilement d'ailleurs, car Dolorès n'entend toujours que les mots qui ont une intonation menaçante. Le reste n'est que murmure. Silencieuse, apparemment résignée, elle vit à l'intérieur d'elle-même où tout n'est qu'attente et disponibilité. Les moments d'enchantement, si fugitifs soient-ils, son voyage à Thetford par exemple, sont suffisants pour alimenter cette faculté qu'elle a de s'émerveiller.

Elle se cale plus confortablement dans la banquette arrière, étale sa jupe pour y poser la paume de ses mains ouvertes. Et son visage s'illumine.

Le dimanche est d'une limpidité étonnante. Dans les échancrures de la forêt, grâce aux étendues de terre cultivée, elle peut voir l'opulente vallée Méchantigan, comme si elle survolait la rivière qui s'incurve avec tant de douceur. Aujourd'hui, tout est à portée de son regard. La nature est changeante. Comme la vie peut-être? Elle sourit, accrochée à ce moment d'espoir et de bien-être. Subitement, tout paraît simple et facile.

Et pourtant, quand on la voit s'affairer, à la maison, pour venir à bout de l'épuisante tâche domestique, comme elle semble accablée. Ses épaules sont étroites, sa poitrine creuse, ses lèvres, d'un rose anémié. Et le comptoir de la cuisine toujours si encombré! Après le souper, elle retrousse ses manches et

noue autour de sa taille les cordons du grand tablier de
coutil. Dolorès s'apprêtant à récurer les chaudrons et
à laver la vaisselle sale empilée depuis la veille, quel
spectacle affligeant. Quand un visiteur arrive à l'improviste, madame Lafond s'en trouve elle-même
gênée et se sent obligée de dire:

— Elle est bien vaillante, cette Dolorès! Heureusement, les piles de vaisselle ne sont pas toujours
aussi hautes. Mais le travail ne lui fait pas peur.
Jamais un mot de mécontentement! Pas vrai, Dolorès?

La jeune fille acquiesce sans lever ce regard
craintif qu'elle a quand on lui parle ou qu'elle se sent
observée.

Il est vrai qu'elle n'a jamais laissé échapper un
mot de révolte. De quoi, d'ailleurs, se plaindrait-elle?
Elle mange les mets des gens de la maison et dort dans
un lit aussi confortable que le leur. Madame Lafond a
certainement raison quand elle lui répète qu'elle est
chanceuse, que les enfants en foyer nourricier ne sont
pas tous aussi bien traités...

Dolorès appuie sa tête au dossier de la banquette
et regarde rêveusement filer quelques nuages ronds,
si blancs, si surprenants dans le bleu intense du ciel.
Tout à l'heure, discrètement, elle a baissé la vitre de la
portière. Bien sûr, il y a l'odeur forte des porcheries
environnantes, mais aussi, par intermittence, le parfum du trèfle d'odeurs qu'elle aime tant. Un jour, en
descendant de l'autobus scolaire, elle en a cueilli un
énorme bouquet pour fleurir sa chambre.

— Idiote, avait crié madame Lafond en le lui

arrachant des mains. A-t-on idée de rentrer des mauvaises herbes qui doivent être pleines de bibites?

Madame Lafond avait sans doute raison. C'est ridicule d'apporter ces fleurs dans la maison alors qu'il y en a à profusion tout le long de la route, sur les levées du fossé. Elles sont bien plus agréables à contempler ainsi, défilant de chaque côté, entremêlées de chicorée bleue et de verges d'or. Vraiment, elles sont bien plus jolies ainsi. C'est ridicule de les apporter dans les maisons...

Dolorès abandonne subitement sa rêverie et relève la tête parce que monsieur Lafond a ralenti. Des adultes se bercent sur une galerie en buvant de la bière, pendant que les enfants dans la cour jouent aux fers et à la balle.

— On dirait que les Maheu sont au complet! C'est une famille qui peuple en maudit, ricane monsieur Lafond.

Madame Lafond semble piquée au vif. Dolorès ne comprend pas très bien les allusions que doit contenir cette phrase. Si madame Lafond réagit toujours ainsi quand il est question de famille nombreuse, c'est peut-être qu'elle y perçoit une condamnation.

Dolorès sursaute. Madame Lafond a élevé la voix:

— Tu aimerais ça, hein, voir crouler ton perron le dimanche après-midi sous le poids de ta progéniture pour prouver ta virilité?

— J'ai pas dit ça, Irma, maudit, j'ai fait une blague...

Dolorès n'écoute plus. Elle pense seulement que

cette scène lui vaut un répit additionnel.

Elle prend une grande respiration et réintègre ce coin douillet d'elle-même où elle peut, tout à son aise, s'enthousiasmer de ce dimanche lumineux.

Elle regarde doucement filer les maisons puis se dérouler la vallée. Elle s'amuse encore une fois des nuages ronds, ouateux. Elle remarque que les fleurs, sur la levée du fossé, changent d'espèce et de couleur. Même si elle savoure intensément la douceur de cette promenade, elle ne s'impatiente pas quand madame Lafond lui tend la Bible en disant de sa voix autoritaire:

— Commence où j'ai mis le signet. Mâche pas tes mots. Et lis jusqu'à Thetford, pour nous préparer à l'office.

Dolorès prend le livre. Elle est vraiment chanceuse: ordinairement la lecture de la Bible commence au tournant de chez Lagueux.

— Monte la vitre, ça pue le cochon! crie monsieur Lafond.

En tournant la manivelle, la jeune fille respire une dernière fois la campagne ensoleillée, soupire discrètement puis commence à lire, en élevant la voix pour couvrir le grondement du moteur:

— Évangile selon saint Marc. Chapitre dizième: La montée vers Jérusalem. Sixième verset: L'indissolubilité du mariage.

— L'indissolubilité du mariage... Tu entends, Euclide? Lis plus fort, s'écrie madame Lafond.

Dolorès monte la voix, mais elle a beaucoup de difficulté à se faire entendre.

— J'ai jamais dit que je voulais me séparer,
sacrament!

— Non, mais tu le voudrais bien. Arrête de
blasphémer, hurle madame Lafond.

Monsieur Lafond roule maintenant à toute
vitesse. Madame Lafond s'étouffe de colère. Et Dolorès est prise d'un fou rire qui lui fait beaucoup de
bien.

DOLORÈS, II

Selon la tradition, monsieur Lessard n'est pas un vrai voisin des Lafond. Ce titre est réservé à ceux qui habitent le même côté d'un rang, en amont et en aval. Il implique des obligations et des avantages qui ne concernent certainement pas monsieur Lessard. Ce dernier fait partie des voisins au sens anodin du mot, comme celui de frère peut inclure des personnes qui éveillent en vous autant de haine que de tendresse.

Quand monsieur Lafond dit: «Ernest Lessard, c'est un de mes voisins», on perçoit, cachée sous l'indifférence du ton, une condescendance contenue de justesse et qui, autrement, serait du mépris.

La ferme de monsieur Lessard est isolée. De chaque côté, les terres ont été achetées par des citadins en mal de poésie champêtre. Les champs, autrefois soigneusement cultivés, sont devenus des lots de «fardoches». La maison en cèdre délavé s'harmonise bien avec le paysage de ce coin de pays abandonné. En plus d'être délabrée, la maison s'est affaissée, et monsieur Lessard, au lieu de refaire le solage, a trouvé plus simple de varloper les portes qui ne fermaient plus. Rien n'est droit dans l'alignement des fenêtres, du toit et des galeries. La maison de monsieur Lessard est la honte des habitants du rang.

C'est la première fois que Dolorès la remarque vraiment, tandis qu'elle remonte l'allée conduisant au perron. Elle aperçoit aussi les bâtiments délabrés et les instruments aratoires abîmés tout autour. Le long de la façade, la tanaisie et la chicorée bleue étouffent les pivoines et les ancolies. Le plancher de la galerie disparaît sous les traîneries. Dolorès sent qu'elle va peut-être manquer de courage.

Quand madame Lafond lui a annoncé, la semaine précédente, qu'elle irait le jour en service chez monsieur Lessard, sa première impression a été la surprise: pourquoi monsieur Lessard avait-il tout à coup besoin d'une servante alors qu'il s'en était toujours passé?

«Il vit comme un ermite depuis la mort de sa mère», s'était exclamée madame Lafond, comme s'il eût été question d'un phénomène de la nature. Elle avait ajouté: «Le proverbe *vieux garçon, vieux cochon*, ça ne s'applique pas à lui, tu n'as pas à avoir peur».

Dolorès ne craint pas ce voisin aux cheveux en broussaille, mal rasé, vêtu comme un quêteux. Elle ne se sent pas exploitée, car elle ignore que les Lafond empocheront son nouveau salaire en plus de l'allocation qu'ils reçoivent de l'Aide sociale. Évidemment, elle continue d'être à leur service le soir, puisqu'ils demeurent ses parents nourriciers.

Elle est quand même hésitante quand elle frappe

à la porte de la cuisine.

— Entre vite, dit Monsieur Lessard avec une gaieté surprenante.

Dolorès n'a pas encore franchi le seuil qu'elle fige de consternation. Jamais elle n'a imaginé tant de désordre et de saleté! Elle se ressaisit pourtant et s'efforce de regarder monsieur Lessard en souriant, pour ne pas l'humilier.

— Tu trouves que c'est épouvantable, hein? Dis-le. Dis-le, répète-t-il d'un ton saccadé, en riant très fort. J'ai la maison la plus mal tenue du rang, pas vrai?

Dolorès pense qu'il est excessif par timidité ou gaucherie. Décontenancée, elle baisse les yeux et aperçoit les pieds nus de son nouveau patron. Ils sont si sales qu'elle les avait crus chaussés. Réprimant un fou rire, elle relève la tête et entre résolument dans la cuisine.

— Dolorès, pose ton sac, dit monsieur Lessard gentiment en agitant les bras.

— Mais où? demande la jeune fille.

Ils éclatent de rire avec une spontanéité qui éveille en eux une subite connivence. Cela rassure Dolorès, qui sent d'instinct que monsieur Lessard est un homme bon. Or la bonté, pour elle, est la vertu par excellence, celle qui a des propriétés magiques. Elle n'a jamais douté de son existence, mais elle est tout étonnée de la pressentir sous l'apparence misérable de monsieur Lessard.

Elle pose son sac sur le plancher, le long du mur. Monsieur Lessard trottine vers l'évier. Sur le comptoir s'entassent des bricoles, des pots remplis de clous, des vieux journaux, des oignons, des patates, de la vaisselle ébréchée. Parmi cet amas hétéroclite, se dresse une bouteille de détergent. Monsieur Lessard s'en saisit, la brandit vers la jeune fille et s'écrie:

— Comme tu vois, j'ai prévu le luxe!

Il se dirige vers le poêle, retourne les patates qui cuisent sur le rond du fond, dans leur pelure, en répandant une légère odeur de brûlé. Puis il va décrocher des chiffons pendus au mur, tire un seau de sous l'escalier et remet le tout à Dolorès.

— Si tu veux, tu peux commencer, suggère-t-il avec hésitation.

— Je veux bien, mais par où? par quoi?

Monsieur Lessard lève les épaules.

— Mais c'est toi qui décides, voyons! Moi, le seul conseil que je te donne, c'est de prendre ton temps. Pense que tu as tout l'été pour faire ce grand ménage. Quand tu te sentiras les poumons encrassés par la poussière, tu te berceras sur la galerie.

Elle le regarde, étonnée de ce conseil inusité, puis après une inspection rapide, elle dit:

— Si je commençais par débarrasser la table, ça me donnerait de la place pour vider les armoires, vous pensez pas?

— C'est une bien bonne idée, mais...

Il suspend sa phrase, s'approche de la table, et prend un air inquiet:

— J'aimerais que tu ne déplaces rien de ce qui se trouve là.

Il indique du doigt, au milieu de l'inextricable

fouillis, un espace tout aussi encombré, mais d'une façon particulière. Une carte mortuaire, bordée de noir, est appuyée à un minuscule pot de confiture. La photo est celle d'une femme âgée. Des bandeaux lisses recouvrent ses oreilles. Elle porte une blouse à col montant et à manches bouffantes. La bouche est sévère, mais le regard, doux et bon.

À gauche de la carte, un chapelet est enroulé autour de sa croix. À droite, un dé renversé contient une minuscule fleur séchée. Une coupure de journal jaunie, au haut de laquelle est écrit *Nécrologie*, est posée à plat au centre d'un rectangle délimité par des fèves.

— C'est qui? demande Dolorès, la gorge serrée.

— C'est ma mère, répond-il. Elle est morte il y a dix ans après être allée jusqu'au bout de son âge, la pauvre vieille...

— Le bout de son âge?

— Quatre-vingts bien sonnés!

Puis il reprend aussitôt:

— Mais, tu sais, elle était vaillante comme une créature de cinquante. Je t'assure que dans son temps la maison était propre comme un sou neuf.

— Depuis dix ans qu'elle n'est plus là, ça peut pas faire autrement que ça paraisse un peu, dit Dolorès poliment, tout en pensant que la maison ressemble à un dépotoir.

Elle est sur le point de céder au découragement, quand elle perçoit dans la voix de monsieur Lessard une ferveur qui l'émeut.

— Après la mort du père et le départ de mes frères et sœurs, j'ai vécu avec elle ici. Dix ans à cultiver la terre ensemble, à causer, à travailler ensemble, à soigner ses maladies. Dix ans! Les plus belles années de ma vie!

Dolorès a subitement envie de pleurer, comme chaque fois qu'il lui est donné de flairer l'amour filial et maternel. Elle a alors l'impression d'entrevoir les splendeurs d'un paradis interdit, où elle ne s'aventure qu'en imagination, à l'église baptiste, pendant l'interminable office. Dans l'assistance, pour se fabriquer un père et une mère selon ses vœux, elle choisit une chevelure à droite, un chapeau à gauche, la forme allongée d'un cou pour la mère, une mâchoire carrée pour le père, ici la courbe d'une épaule, là la couleur d'un vêtement. Quand les deux personnages, enfin complets, descendent l'allée centrale, au bras l'un de l'autre, elle sourit de contentement: ils sont admirables, vraiment admirables! Mais aussitôt leur beauté lui semble fragile, comme déjà frappée par le destin. Ses parents, sûrement, sont morts tout de suite après sa naissance, emportés par une épidémie, peut-être la grippe espagnole, ou la tuberculose, ou dans un accident de voiture... Il est impensable qu'ils l'aient abandonnée à la porte d'un orphelinat, roulée dans du papier journal, et se soient sauvés après, comme des malfaiteurs. Ce n'est pas du tout leur genre, conclut-elle en regardant les parents qu'elle vient de s'inventer, qui descendent majestueusement l'allée centrale de la petite église baptiste...

Monsieur Lessard se racle la gorge. Dolorès sursaute. Il s'approche:

— Surtout ne prends pas cet air découragé. J'aurais jamais dû laisser la maison s'encrasser de cette façon. Mais tu sais, après la mort de ma mère, je ne voyais plus l'utilité de tout nettoyer et ranger.

Il a faussement interprété la rêverie de la petite.

— Tu ne peux pas faire tout reluire par magie. Fais seulement ce que tu peux.

Dolorès le regarde, attendrie.

— Ce que j'aimerais, si c'est possible, c'est qu'à la fin de l'été, tu aies fait le tour de la maison. Une fois qu'elle sera toute propre, je pourrai ranger le balai pour un autre dix ans, dit-il en s'esclaffant.

Dolorès rit aussi, de cette façon enfantine qui lui est particulière. On dirait qu'une réserve de gaieté inutilisée déborde d'elle subitement. Elle noue autour de sa taille le tablier de coutil qu'elle a apporté, roule les manches de son chemisier.

— En avant la musique! dit-elle.

— Commence par te nettoyer une place sur la table pour y mettre ton couvert, mais fais bien attention de ne pas déplacer le «carré» de la mère. Puis il ajoute en élevant la voix:

— Tu jetteras tout ce qui ne peut plus servir. Jeter! Tu jetteras… répète-t-il, surpris de cette innovation soudaine.

— J'ai compris, voyons, sourit Dolorès. Ne vous inquiétez pas, je sais la différence entre un pot brisé et un qui ne l'est pas.

Monsieur Lessard regarde la jeune fille, les pommes de terre qui roussissent sur le poêle, puis il annonce d'une voix jubilante:

— Je rapporterai des œufs pour le dîner, et quelques feuilles de laitue pour toi, même si elles sont encore chétives.

La porte se referme. Monsieur Lessard n'est vraiment pas l'homme qu'elle croyait. Il est aussi sale que sa maison, c'est vrai, mais son cœur doit sentir la rosée, pense-t-elle, toute remuée.

Aux questions que lui pose madame Lafond quand elle rentre pour le souper, Dolorès répond vaguement: Oui, il est gentil, monsieur Lessard... Non, il ne sent pas mauvais... Sa maison n'est pas si sale que ça... Oui, elle en viendra à bout.

La vaisselle lavée, le couvert mis pour le lendemain matin, elle monte dans sa chambre si fourbue qu'elle a tout juste le temps d'enfiler sa robe de nuit avant de tomber endormie.

Elle repart le lendemain, tôt, silencieusement.

— Elle est courageuse, commente monsieur Lafond qui la regarde aller par la fenêtre.

— À cet âge-là, on est plein de vitalité, rétorque aussitôt madame Lafond.

— Tout de même, reprend le mari, décrotter la maison d'Ernest! Je pensais bien qu'un bon matin elle se serait mise à pleurer en refusant d'y retourner.

— Moi, je trouve qu'au contraire, c'est stimulant. Imagine quand elle va s'apercevoir que les murs de la cuisine sont jaunes!

Malheureusement, ils sont encore gris et le désordre semble pire encore depuis que Dolorès a vidé les armoires, mais une odeur de savon s'insinue parmi les senteurs rances de la maison. Puis il y a la table: la toile cirée y est maintenant si propre qu'on dirait les deux couverts posés sur des napperons.

Dolorès a recouvert d'une nappe les trois quarts de la table encore encombrée. Le côté dégagé, face à la fenêtre, est accueillant. Près du couvert de monsieur Lessard, il y a toujours l'enclos funéraire, mais le dé a été remplacé par un minuscule verre ancien.

Tous les matins, Dolorès y dépose une fleur fraîche. Elle la cueille au détour de la route. C'est aussi à partir de là qu'elle peut accélérer le pas. De cet endroit, personne ne peut voir qu'elle court. Une hâte la soulève en de longues et souples enjambées. Dolorès a maintenant une vie secrète. Dolorès connaît l'enchantement du commencement du monde! Elle besogne comme un tâcheron, mais ne s'en aperçoit même plus. Ses mains travaillent, rougies par les détergents, le cerne de ses yeux s'agrandit, mais qu'importe une fatigue qu'on ne sent pas! L'esprit de Dolorès est en extase depuis le deuxième jour de son arrivée.

Monsieur Lessard et elle sont attablés, chacun devant son assiette maigrement garnie. Dolorès regarde la carte bordée de noir. La vieille femme y apparaît comme au carreau d'une fenêtre. Elle la fixe avec une telle concentration qu'elle en oublie de manger.

Monsieur Lessard dépose son couteau, puis il prononce la phrase prodigieuse en pointant de sa fourchette la photo mortuaire:

— Tu sais, elle a bien connu ta grand-mère.

— Ma grand-mère?

Dolorès a crié comme un enfant qui naît: un cri étouffé qui peu à peu prend de l'ampleur.

— Ma grand-mère?

Monsieur Lessard était certain de lui faire plaisir, mais pas à ce point. Il n'a pas d'aptitude pour exprimer ce qu'il ressent. Quand il a ramassé le corps inerte de sa mère dans le haut de la terre où elle était allée racler le foin et qu'il l'a descendue à la maison, personne ne s'est aperçu qu'il croyait mourir de douleur. Un voisin qui était accouru avait même passé la réflexion: on dirait, ma foi, que tu transportes une poupée de son.

Devant la petite Dolorès qui tremble et va sans doute se mettre à pleurer, il est désemparé. Il met plusieurs secondes à se ressaisir et à trouver une blague qui permet, en pareilles circonstances, de reprendre le contrôle de son émotion.

— Une grand-mère... mais tout le monde en a une! Est-ce que tu crois que tu es tombée du ciel comme un météore?

— Non, bien sûr, répond la petite, mais jamais personne ne m'a dit que j'avais une famille. Jamais un mot pour me permettre de savoir d'où je venais. Jamais! Et voilà que vous m'annoncez une grand-mère, qu'elle, elle a connue. Une grand-mère! Est-ce possible?

Monsieur Lessard se sent mal d'être si ému. Il se racle la gorge plusieurs fois, fait mine d'être fâché:

— Si c'est toute la curiosité que tu as, on en restera à ta grand-mère. Je peux quand même te dire qu'elle non plus n'était pas un caillou. Elle était née de quelqu'un et quelqu'un est né d'elle. Mais comme le fait d'avoir une grand-mère semble te suffire, bon, ben, restons-en là, ajoute-t-il en se levant brusquement.

Le stratagème réussit. Dolorès déjà n'est plus aussi blanche. Ses joues reprennent leur couleur pendant que son cou se tache de rougeurs. Monsieur Lessard soupire d'aise. Il a vraiment cru un moment qu'elle allait s'évanouir. Mais non. Elle lève vers lui un regard tout brillant qui l'implore. Il se rassoit aussitôt. C'est ce jour-là aussi qu'il a prononcé cette phrase révolutionnaire: «La besogne, ça peut toujours attendre. Maintenant, on prend notre temps!»

Ainsi commença le long récit de l'épopée familiale de Dolorès. Il se poursuit d'un repas à l'autre, et dans l'esprit de Dolorès la journée n'est plus qu'un continuel festin. Les temps creux se remplissent de révélations.

Quand arrive midi, Dolorès jette un coup d'œil à la fenêtre pour guetter le retour de monsieur Lessard qui rentre de l'étable ou des champs. Pendant qu'il se lave les mains, elle mange avec précipitation pour être plus libre. Elle le questionne alors avec l'avidité de l'enfant qui veut connaître la suite d'un récit.

— Et l'oncle Gérard, lui, comment était-il? Dans quel village demeurait-il?

Même si monsieur Lessard répond que sur celui-là il ne sait pas grand-chose, sauf qu'il est parti très jeune pour les États, Dolorès écoute d'un air ravi.

Les repas se sont modifiés en conséquence. Un jour, monsieur Lessard est remonté du village avec une cafetière, du café et a déclaré en rentrant:

— On en boira le matin et même le midi si tu veux!

Puis, un jour qu'il la regarde monter l'allée en courant, il a une subite inspiration. Il lui ouvre la porte et annonce que dorénavant ils vont piller le jardin. Tant pis s'il n'y a plus de légumes pour les provisions d'automne! Comme elle s'objecte, il l'interrompt:

— Je plume aussi une poule pour te remplumer.

Surpris de s'entendre faire un calembour, il arrondit les yeux et le répète, hilare.

Monsieur Lessard piétine ses principes d'austérité avec une ferveur qui l'enchante.

Mais dans son plaisir se glissent aussi des regrets: comparée à sa propre parenté, celle de Dolorès n'est pas complète; et il ne reste plus personne dans la paroisse pour essayer de combler les vides. Sitôt la grand-mère maternelle de Dolorès décédée, la famille s'est éparpillée aux quatre coins de la province. Quant à la lignée paternelle, il ne la connaît pas. Est-ce que quelqu'un la connaît? Certainement pas sa cousine Alicia qui habite Montréal depuis vingt ans. Elle lui en aurait parlé dans sa carte des vœux du jour de l'An. Alicia est si bavarde. Puis, elle a travaillé longtemps dans la même «shop» que la mère de Dolorès, qui lui a certainement raconté son aventure, mais sous le sceau du secret, parce qu'à lui, Alicia n'a jamais rien écrit à propos du père de Dolorès. Il s'en souviendrait. Il aimerait tellement pouvoir répondre à cette question:

— Et mon père, Alicia vous en a parlé?

— J'ai beau être fort en généalogie, répond monsieur Lessard avec l'assurance de quelqu'un qui a longtemps répété, j'ai beau être fort en généalogie, mes connaissances franchissent à peine les limites de la paroisse. Et ta famille s'est exilée depuis si longtemps...

— Pas tant que ça puisque vous avez connu mes oncles et mes tantes quand ils étaient jeunes.

— La distance c'est pire que le temps, rétorque monsieur Lessard sentencieusement. Quand tu demeures toujours au même endroit, chaque génération est un étage qui s'ajoute à la même maison. Ta famille à toi est partie à Montréal. Comment veux-tu que j'aie des détails?

Il ne nie pas l'existence du père, mais la noie dans l'abstrait.

— Montréal est une si grande ville... une ville mystérieuse... peut-être dangereuse aussi, murmure-t-il en regardant par la fenêtre.

Dolorès, d'ailleurs, a vite compris qu'il lui était inutile de demander des précisions, d'essayer de coordonner les dates et les années.

Avec les semaines, elle a le sourire béat des gens repus, surtout à cause de sa nouvelle famille, si nombreuse. Quand monsieur Lessard se concentre pour énumérer le nom des enfants des cousins établis dans Dorchester ou ceux, encore plus nombreux, qui sont partis pour les États, elle écoute avec émerveillement.

Ses voyages à Thetford lui ont laissé quelques réminiscences bibliques. À la fin de l'été, quand monsieur Lessard lui annonce il a beau fouiller tous les recoins de sa mémoire, qu'il n'a plus rien à ajouter, elle dit d'un ton solennel:

— Ma famille est nombreuse comme les sables de la mer et elle est bénie de Dieu!

— J'ai pelleté tout le sable que je pouvais, Dolorès! Amen.

Ils se mettent à rire parce qu'ils ne savent pas comment se dire qu'ils sont heureux.

— Peut-être qu'à force de chercher je trouverai d'autres souvenirs sur ta famille. Maintenant que la maison est propre, je pourrais inviter Alicia.

— Oui, on pourrait repartir du commencement!

— Mais Dolorès, on n'aura pas le temps, puisque c'est la semaine prochaine que tu recommences tes classes.

— Mon Dieu, c'est vrai! Mais sitôt que j'aurai une minute, je viendrai vous voir en cachette.

— Ça te sauverait du temps si je te réparais le vieux bicycle qui est dans la grange. Remarque bien qu'il ne sera peut-être pas plus rapide que toi. Quand je pense que tu as réussi à faire de ma cuisine une page du catalogue Eaton!

Dolorès regarde et éprouve une grande fierté.

— Tu avais raison de dire que j'avais pas d'allure avec mes guenilles sur le dos et que c'était plus sécuritaire de porter des bottes pour travailler. Tu avais raison et j'ai bien fait de t'écouter.

— C'est vrai, approuve Dolorès en toisant le quinquagénaire avec satisfaction.

Il est méconnaissable, avec ses vêtements propres, ses chaussures neuves et son visage rasé. Depuis trois mois qu'elle est là, plus rien d'ailleurs ne se ressemble. Tout est rutilant de propreté. Les carrés de céramique sous le réchaud du poêle brillent. Comme s'épanouissent les fleurs qu'elle a dégagées en bordure de la galerie. Même les plaques d'usure du plancher couleur orange reluisent de cire polie. L'enclos funéraire, maintenant cerné de cailloux minuscules, occupe un espace plus vaste, mais au fond de la table. La carte mortuaire est dans un joli cadre. Tout est transformé. Même elle.

Elle vient de rentrer chez les Lafond. Le comptoir de la cuisine est plus encombré encore que d'habitude, le poêle, plus crotté. Dolorès s'arrête dans l'encadrement de la porte, se retourne et dit à madame Lafond qui se berce dans la petite salle:

— Faudrait tout de même pas exagérer! Venez m'aider ou je ne travaille pas.

De surprise, madame Lafond immobilise sa berçante. Elle tend la poitrine en se soulevant des bras sur les accoudoirs, et demeure ainsi quelques secondes avant de s'écrier:

— Bon Dieu, qu'est-ce qui t'arrive?

— Rien de particulier, répond Dolorès avec hardiesse, mais trop, c'est trop.

— Je peux pas croire qu'Ernest t'a tourné la tête. Ma foi, t'es plus bête que je pensais!

Il se fait un silence. Dolorès et madame Lafond se regardent un moment avec stupéfaction. Dolorès réussit à ne pas baisser les paupières. Elle continue à fixer madame Lafond avec une audace décuplée par le plaisir qu'elle en ressent.

C'était compter sans les armes nouvelles dont dispose madame Lafond, qui se lève brusquement et siffle entre ses dents:

— J'oubliais de te dire que la travailleuse sociale est venue cette après-midi. Elle trouve déplacé que tu travailles chez un homme qui vit seul. Je l'avais convaincue qu'il n'y avait aucun danger puisqu'on a la gentillesse de te garder ici. Mais maintenant je trouve qu'elle a raison. Tu diras donc à Ernest, demain, que c'est ta dernière journée chez lui. On avait pensé que tu pourrais continuer à y travailler puisqu'on n'est plus obligé de t'envoyer à l'école maintenant que tu as seize ans. Mais enfin, on trouvera bien à t'occuper autrement.

Dolorès se raidit de tous ses membres pour ne pas s'évanouir, se mettre à hurler ou sauter à la gorge de cette chipie qui reprend son souffle, les narines pincées, les yeux vitreux de colère, avant de tendre le bras vers la cuisine en pointant l'évier:

— On a assez perdu de temps. Va faire ta besogne.

Dolorès se sent envahie d'une immense détresse. Pourquoi ne la consulte-t-on jamais, elle, sur la façon dont elle aimerait disposer de sa propre vie? Elle se dirige vers la cuisine en s'efforçant de paraître indifférente. La gribiche jouit déjà assez comme ça, pense Dolorès en s'avouant qu'elle n'a pas d'autre choix que d'encaisser le coup. Comme d'habitude. Mais non, pas comme d'habitude, pense-t-elle subitement. Elle doit encaisser le coup, d'accord, mais elle n'est plus toute seule. Elle sait bien que monsieur Lessard ne peut pas changer son destin mais à lui au moins, elle peut confier sa peine. Cette idée lui redonne courage.

Un courage qui fond peu à peu le lendemain matin, alors qu'elle court comme une folle, même avant le détour de la route.

Elle ouvre la porte, la fait claquer derrière elle, puis, la tête dans son coude replié, plaquée contre le mur, elle éclate en sanglots. Monsieur Lessard se dirige vers la boîte à bois, prend lentement quelques bûches, tout en observant la jeune fille par-dessus son épaule. Il veut attendre avant d'intervenir. Il a lu que rien n'est plus dommageable pour la santé que les chagrins refoulés. Il attend patiemment quelques secondes puis, dépliant les bûches, revient en sautillant vers Dolorès. Comment peut-il garder cette joie qui l'a empêché de dormir une partie de la nuit?

— Braille encore si ça te fait du bien, mais quand tu auras fini, tu me le diras.

Le ton de la voix est si surprenant que Dolorès se retourne aussitôt.

— Écoute-moi bien, Dolorès, écoute-moi bien sans m'interrompre. La travailleuse sociale, moi aussi je l'ai vue. Elle est venue ici après ton départ. Je lui ai raconté que ta vie chez les Lafond n'était pas aussi normale qu'elle le paraissait. Et je l'ai convaincue que tu devais continuer tes études parce qu'une femme instruite vaut mieux qu'une esclave pour l'amélioration de la société.

77

Dolorès appuie sa tête au cadre de la porte et regarde, médusée, cet homme singulier qui est plus efficace que le Frère André! Il est tout près d'elle maintenant et lui parle d'une voix forte en détachant les syllabes:

— Elle est restée une heure avec moi. On a tout manigancé... Elle connaît une famille qui te prendra en pension. La maison est à côté de l'école secondaire de Sainte-Martine. Tu m'entends?

Dolorès fait signe que oui. C'est connu, les sentiments extrêmes font perdre l'usage de la parole. Monsieur Lessard observe le regard brillant de larmes et de joie. Qui aurait soupçonné que la mort de sa mère lui laisserait cette possibilité d'aimer autant?

— C'est dommage, on pourra pas voir la tête des Lafond quand ils seront avertis de ton départ.

Dolorès sanglote de nouveau, dit qu'elle a peur, qu'ils vont l'empêcher de partir, que jamais elle n'osera. Il la laisse parler, le temps de reprendre souffle. Il a refermé son bras autour des épaules de la jeune fille. Il aurait préféré la serrer contre lui pour mieux la rassurer, mais son cœur cogne déjà assez fort.

— Ben voyons, Dolorès, je ne suis pas un imbécile. Quand ils vont être avisés, ben, toi, tu ne seras plus là. Tu te seras sauvée pendant qu'ils seront à Thetford Mines pour l'office. T'auras greyé toutes tes affaires. Tu les auras apportées ici. Tu seras ici. Dans ma maison.

— Puis après? questionne Dolorès, de nouveau au bord de la panique. Et puis après?

— Je te descendrai à Sainte-Martine. Moi,

78

Ernest Lessard qui te parle.

Il est devenu solennel.

— C'est moi qui te conduirai à ta pension.

— Vous y pensez pas, monsieur Lessard, votre jument contre une Chevrolet! Ils vont nous rattraper avant qu'on soit rendu au quatre-chemins!

— Vraiment, tu ne me fais pas plus confiance que ça?

— Excusez-moi, dit Dolorès. Je suis énervée.

— J'ai retenu un taxi, Dolorès, un taxi qui sera ici à onze heures pile, juste avant qu'ils ne reviennent de l'office. C'est planifié comme dans un roman policier!

— Un taxi? Je me sauve en taxi! Je continue mes études! Et puis après, ben, on verra...! Tout arrive à qui sait attendre!

Monsieur Lessard a failli perdre l'équilibre quand la petite s'est précipitée à son cou. Jamais il n'aurait imaginé une telle explosion de joie.

— Calme-toi, Dolorès, veux-tu? Et mettons notre scénario au point tout en buvant une tasse de café.

Mais Dolorès s'inquiète:

— Faudrait que je trouve un moyen de gagner mes repas sans trop travailler pour mes nouveaux parents nourriciers. Le secondaire, ça demande du temps...

Monsieur Lessard attendait ce moment:

— Le coffre-fort suit pas le corbillard, commence-t-il. Tu n'as plus de foyer nourricier, Dolorès. Je te déclare orpheline et libre! Tu n'auras plus à t'occuper que de tes études. Je me charge du reste.

Monsieur Lessard n'avait qu'un passé. Il vient de s'offrir un avenir.

C'EST LA VIE

Pierrette apparaît au tournant de l'escalier, une mallette de carton noir à la main. Elle s'arrête un instant sur une marche, fixe l'horloge ancienne au mur de la cuisine et s'écrie d'une voix énervée:

— Mon Dieu, je vais rater mon autobus.

En fait, elle sait très bien quelle heure il est, combien de temps il lui faut pour descendre l'escalier, traverser la cuisine, courir jusqu'à la route et faire signe au chauffeur d'autobus. Elle a fait le calcul, de la fenêtre de sa chambre à coucher! Elle doit attendre, avant de partir, que l'autobus soit rendu devant la maison des Létourneau. Elle évitera ainsi d'avoir à donner ces explications qui suintent toujours le mensonge.

— Te voilà disciplinée comme un bedeau, ricane monsieur Lambert, comme Pierrette passe près de lui.

— Je serai de retour demain soir. Si Marjolaine peut pas venir me reconduire, je prendrai l'autobus, débite Pierrette en traversant la cuisine.

— Oublie pas qu'il faut que tu préviennes au

restaurant. L'autobus passe pas par icitte, s'il n'y a pas de passager.

— Je sais tout ça, papa, t'inquiète pas.

— Partir le samedi midi pour aller garder chez ta sœur, c'est normal une fois de temps en temps, mais toutes les fins de semaine, franchement, ça devient une mauvaise habitude. Marjolaine pourra plus se passer de toi! Tu la connais, Marjolaine. Tu lui donnes un pouce, elle en prend quatre.

Madame Lambert finit sa phrase en tenant ouverte la porte de moustiquaire. Pierrette est déjà sur la galerie.

— T'es pas contente, maman?

Pierrette s'est arrêtée; elle se retourne en s'agrippant au poteau du garde-soleil.

— T'es pas contente? C'est toi-même qui m'as fait remarquer que depuis que je vais lui aider en fin de semaine, Marjolaine ne nous menace plus de faire des dépressions.

La tête de monsieur Lambert apparaît par-dessus l'épaule de sa femme.

— Bonjour, papa, à dimanche soir.

Pierrette descend les marches, enfile l'allée en courant et se trouve bientôt sur la levée du fossé. Elle secoue son mouchoir de tête pour faire stopper l'autobus qui, de Saint-Romain à Sainte-Martine, passe par les rangs une fois par jour.

— Qu'est-ce qui lui prend de s'émoustiller comme si elle partait en voyage de noces avec le chauffeur?

— Elle n'est pas émoustillée, voyons, mais elle

est vive comme une truite de ruisseau.

— En tout cas, elle est bien changée, conclut madame Lambert, avant de commander, hargneuse: Ôte-toi que je rentre.

Monsieur Lambert la laisse passer et reste appuyé au chambranle de la porte qu'il tient entrouverte de son bras tendu.

Non, elle n'a pas changé, Pierrette... Elle est longue, musclée, avec les hanches rondes. Peut-être que oui, elle a un peu changé, mais c'est pour le mieux. Il sourit en agitant la main en direction de l'autobus qui repart.

Il rentre, s'assoit, et vide sa pipe en la frappant sur le dos du lévrier de bronze qui sert de poignée au cendrier sur pied. Puis il regarde pensivement par la fenêtre. Comme c'est plus agréable quand Pierrette est à la maison, songe-t-il. Volubile, toujours en mouvement, elle remplit la pièce d'une fébrilité joyeuse. C'est peut-être énervant par moments, mais combien stimulant! Quelle fille que cette Pierrette, sa Pierrette!

Comme il aime la voir étaler des tissus sur la table pour y tailler des robes! Il lui arrive même d'en faire une pour la voisine. De très bon goût, dit cette dernière qui a longtemps travaillé en ville. La plupart du temps, Pierrette crochète des châles, qui lui rapporteront beaucoup d'argent, affirme-t-elle, quand elle aura trouvé un comptoir d'artisanat pour les vendre. En attendant, les tricots s'empilent dans le coffre de son trousseau de mariée.

— Ça coûte cher de laine, tu trouves pas?

objecte quelquefois le père.

— C'est de l'argent à la banque, répond Pierrette.

Ses yeux noisette ont alors des lueurs subites,
l'éclat des espoirs démesurés.

— Je chialais pour la forme, murmure le père en
mettant sa main en paravent devant sa bouche afin
qu'elle soit seule à entendre. Quand tu vas commencer à en vendre, tu ne fourniras pas à la demande, j'en
suis certain.

Madame Lambert, en traversant la cuisine,
aperçoit son mari, immobile, dans sa berçante, le
regard fixe.

— Euclide, as-tu perdu un pain de ta cuite?
Euclide ne répond pas.

Le craquement de la chaise, qui ne cesse pas
quand son mari est à la maison, énerve aussi madame
Lambert, mais moins que ce silence insolite. Elle
attend quelques secondes, toise son mari, la bouche
pincée. Puis elle hausse les épaules, se dirige vers sa
chambre à coucher et claque la porte derrière elle.

Euclide ne bouge pas davantage. Il ne cille
même pas. Le seul mouvement perceptible est celui
de sa bouche sur son tuyau de pipe, pourtant éteinte.
Il serre les lèvres, aspire un peu d'air avec un gargouillis de renvoi d'eau, puis expire, la bouche
entrouverte, et demeure ainsi quelques secondes.
Totalement inerte. Comme s'il avait rendu l'âme.
Alors que justement il ressent la présence de la sienne
avec perplexité! Comme il n'a pas l'habitude de l'in-
trospection, il demeure prudent. La question impor-

tante: la place qu'occupe Pierrette dans sa vie, il ne se la pose pas. La réponse serait peut-être gênante. Monsieur Lambert, d'ailleurs, contourne toujours les problèmes existentiels, les situations difficiles, les histoires de mœurs, les conflits familiaux, en décrétant que ça ne sert à rien de se casser la tête, on n'y peut rien, c'est la vie! Il peut alors s'intéresser aux petits faits quotidiens, prévoir les événements familiaux, comme celui qui se précise de plus en plus dans son esprit: sa fille veut quitter la maison... Ses fins de semaine chez Marjolaine sous le prétexte d'y garder les enfants, c'est de la frime... Pierrette est comme les bêtes qui suivent une haie touffue: elle cherche une issue pour s'échapper. Vers quoi, il ne sait pas encore, mais il souffre déjà de ce départ. Comme il ne peut se l'avouer, il trouve une autre cause au malaise qu'il ressent: il est offusqué des cachotteries de sa fille. Lui qui ne demande qu'à l'aider! La preuve: il lui offre de la transporter soir et matin si elle trouve une boutique où elle pourrait vendre ses châles.

Quand madame Lambert revient dans la cuisine, il est toujours assis dans sa berçante. Elle prend le tue-mouche et écrase presque rageusement une araignée qui glissait au bout de son fil blanc le long de la vitre. Il continue de regarder la route avec fixité. Elle se retourne et lui rabat un coup de la palette en caoutchouc. Il sursaute:

— Aïe!

— Euclide, qu'est-ce qui t'arrive? Je n'en peux plus de ton air hébété!

Il semble ahuri comme un dormeur brusquement réveillé. Il met plusieurs secondes à recomposer l'image de sa femme, celle de la cuisine, à prendre conscience de l'heure.

— Je jonglais…

— À quoi, bon Dieu, pour jongler de cette façon?

Monsieur Lambert se ressaisit aussitôt et recommence à se bercer.

— Passe-moi ma blague à tabac, veux-tu?

Il bourre longuement sa pipe, le temps qu'il faut pour rassembler ses idées et trouver un déguisement à la décision qu'il vient tout juste de prendre.

— Je pensais au clos de foin, en haut de la terre, près de l'érablière.

— Y avait pas de quoi à faire une tête pareille!

Monsieur Lambert fait comme s'il n'avait pas entendu.

— J'aimerais mieux vendre le foin debout que de le faucher moi-même. Je veux diminuer l'ouvrage. Tu penses pas que c'est le temps, à notre âge?

— C'est toi qui sais comment tu te sens! répond madame Lambert, perplexe.

— Je sens que si je veux trouver quelqu'un pour faire l'ouvrage, faut que je m'en occupe tout de suite. Même que je dirais que ça presse.

— Ah bon! répond madame Lambert, déconcertée. Tu m'avais dit justement que tu laissais faire pour cette année.

— Après je t'ai dit le contraire, tu t'en souviens pas?

Il hésite à peine avant d'ajouter en haussant les

épaules:

— Une fois de plus, ma pauvre Martha, tu as oublié.

— Euclide, je t'en prie, arrête de souligner mes trous de mémoire. Quand je m'apercevrai que tu en as aussi, peut-être que je ne serai pas assez bête, moi, pour t'en parler.

— Je veux pas te blesser, Martha, je voulais seulement te faire remarquer que je t'avais déjà parlé de vendre le foin debout. C'est pas une idée qui m'est venue comme ça sans réfléchir.

— Après tout, t'as peut-être raison, tu m'en as sans doute parlé.

Devant la confusion de sa femme, Euclide sent que la partie est gagnée. Il se lève et dit en ricanant:

— Faut pas laisser traîner une idée, on risque de la perdre. Stanislas m'avait dit que ça pouvait l'intéresser. En tout cas, je vais en avoir le cœur net. Je vais passer le voir au début de la soirée.

— Tu vas sortir sans moi un samedi soir?

— C'est pas ce qu'on appelle sortir, voyons, Martha. Je vais rencontrer Stanislas pour lui vendre mon foin.

Madame Lambert est confuse: jamais son mari ne prend ordinairement d'aussi promptes décisions et jamais elle n'est seule un samedi soir. Cette autorité soudaine, par ailleurs, l'impressionne. Elle répond d'une voix indécise:

— J'en profiterai pour mettre mes bigoudis.

* * *

Quand monsieur Lambert pénètre dans la discothèque, il choisit une table près de la porte en se disant
qu'il pourra ainsi mieux vérifier le va-et-vient des
gens. En vérité, il se sent gauche et gêné. S'il était
avec un autre homme au moins! Ils pourraient rigoler
en se contant des histoires cochonnes! D'un autre
côté, il est préférable qu'il soit seul, car s'il a décidé de
faire la tournée des discothèques, c'est pour filer Pierrette.

Marjolaine, chez qui il est allé en partant de chez
lui, a répondu d'abord que non, elle ne savait pas où
était Pierrette.

— Ton mari, lui, il est où? a demandé brusquement monsieur Lambert pour manifester son mécontentement.

— Tu le sais, le père, qu'il est tous les soirs au
bar de l'Hôtel du Boulevard.

Sitôt posée, monsieur Lambert a regretté son
insidieuse question. Il essaie de se racheter:

— Franchement, Marjolaine, tu devrais pas te
laisser aller comme ça. T'es pas vilaine quand t'es
renippée, tu sais. Fais un effort... Au moins le samedi
soir...

— Pour me sentir plus seule encore? a répliqué
sèchement Marjolaine.

Puis elle a eu l'air si abattue que monsieur Lambert, intérieurement, s'est impatienté. C'est tout de
même pas sa faute si elle a épousé un vaurien!

Ainsi déculpabilisé, il a pu revenir au but de sa
visite:

— Tu dois bien avoir une petite idée où elle est,

Pierrette? a-t-il insisté. Puisqu'elle nous dit qu'elle passe la fin de semaine chez toi.

Marjolaine s'est subitement souvenu que Pierrette avait dit en partant qu'elle allait rencontrer une amie pour faire la tournée des discothèques. À son âge, il fallait bien qu'elle s'amuse un peu, non? En prononçant le mot amie, la voix de Marjolaine avait eu une inflexion que son père avait reniflée comme un chien flaire une piste, puis il l'avait oubliée, captivé qu'il était par la planification de sa soirée.

C'est simple, pensa-t-il. Il y a trois discothèques à Sainte-Martine. Il prendra une couple de bières à chaque endroit. Avec un peu de chance, il n'aura pas à faire les trois. Il ne sera pas obligé de boire six bouteilles. Donc, ça ne coûtera pas cher et il ne risquera pas de se saouler avant de trouver Pierrette.

J'en ai déjà deux de bues, pense-t-il maintenant en regardant sa montre. Une heure qu'il est là, adossé au mur près de la porte, alors qu'il a tout de suite constaté que sa fille n'est pas là. Il se laisse distraire par cette nouvelle façon qu'ont les gens de danser, chacun pour soi. La petite là-bas, près du juke-box, qui se dandine, les fesses serrées, elle ne regarde même pas son partenaire! Elle danse les yeux fermés, mais semble possédée par la musique, une musique pourtant épouvantable! Il pense que les gigueurs dans les veillées se laissent aussi aller à des improvisations personnelles, mais c'est à la manière d'un soliste dans un orchestre. Ici, tout le monde semble déchaîné en même temps, chacun pour soi. Sauf deux ou trois qui dansent enlacés l'un à l'autre, collés du bassin, bouche à bouche! Monsieur Lambert sourit en se levant pour partir.

— Je me demande comment ils font pour danser ça debout, dit-il en clignant de l'œil au garçon de table qui lui répond: «Bonsoir, vous reviendrez».

À la deuxième discothèque, il s'aperçoit aussitôt que tout se passe exactement comme à la première, sauf que l'éclairage y est plus intense. Le temps de boire une seule bière, il sait que Pierrette n'est pas là.

— C'est où la troisième discothèque?

Le barman lève la tête du comptoir où il rince les verres.

— C'est pas une discothèque. C'est d'un autre genre, susurre-t-il en avançant la tête.

Monsieur Lambert remarque que le regard du barman devient gaillard, mais il est surtout préoccupé de se faire indiquer l'adresse de l'établissement. Il le connaît, bien sûr, mais il croyait que c'était seulement un motel.

C'est en s'y rendant que monsieur Lambert repense à l'intonation de Marjolaine. Il est rare quand on ment que tout s'accorde: le regard, la voix et l'attitude. Mon Dieu qu'il est bête! L'amie dont parlait Marjolaine, c'est un homme, bien sûr! Pierrette descend donc le samedi soir danser avec un gars de Sainte-Martine. Quoi de plus normal à son âge, non? Mais pourquoi ne pas l'avoir raconté? Il aurait bougonné, c'est certain, mais il ne le lui aurait pas défendu. Il se promet de lui dire lundi matin qu'il trouve tout à fait ordinaire qu'elle aille danser le samedi soir à Sainte-Martine, qu'elle n'a donc pas à le cacher à ses parents. Est-ce qu'ils ne sont pas gentils pour elle? Alors pourquoi leur faire des cachettes?

Il n'a pas à prendre sa voiture. L'endroit que lui a indiqué le barman se trouve dans la rue voisine. Il se dirige vers le motel en chantonnant, le chapeau incliné sur la nuque, le toupet en l'air.

La soirée, prévue comme une mission, prend des allures imprévues. Si Pierrette n'est pas là, tant pis, il va demander une femme à danser... Ce n'est pas difficile de la tenir collée contre soi, en la regardant droit dans les yeux ou en lui suçant le lobe de l'oreille. Il fera comme tous les danseurs: il suivra son inspiration. Il n'est pas plus imbécile que les autres! Il serait idiot de ne pas profiter de l'occasion. Un autre samedi, il reviendra avec Martha.

Il rigole doucement en entrant. Heureusement que le barman lui a indiqué où était la porte. Autrement, il aurait hésité: ça ressemble plutôt à l'entrée d'un club privé.

Il aplatit ses cheveux de la main, les lisse longuement, puis entre dans la salle. Elle est plus obscure que les autres. Il bute sur le garçon de table qui vient en sens inverse.

— Deux Molson, ici, à la petite table, commande-t-il aussitôt.

Il se laisse tomber sur une chaise droite qui craque, s'adosse au mur et écarquille les yeux. En vain. Il n'arrive pas encore à voir clair. La pièce est remplie de fumée. Les clients occupent tout l'espace, vraiment réduit, sauf un cercle surélevé au-dessus duquel pendent deux lamentables projecteurs. Qui s'allument aussitôt. Euclide sursaute puis ricane doucement: batèche, ça c'est de la chance! Pour la première fois de sa vie, il va assister à un show!

Les personnes de l'assistance, qu'il distingue mieux maintenant, continuent à causer et à boire comme si les deux faisceaux de lumière, l'un rose et l'autre bleu, n'inondaient pas subitement l'estrade. Une jeune femme vient d'y monter. Monsieur Lambert la voit de dos pour le moment. Elle ouvre son déshabillé de coton rose. Quelqu'un met un disque. Une musique sirupeuse, soutenue par un rythme saccadé, emplit la salle. La jeune femme commence à marquer le temps avec ses talons hauts, puis elle oscille des hanches, laisse glisser son déshabillé de ses épaules sur ses reins, l'attrape d'une main leste et le lance à un jeune homme qui, c'est évident, l'attendait. Puis elle élève ses deux bras au-dessus de sa tête en regardant le plafond. Elle immobilise ainsi quelques secondes son corps nu. Monsieur Lambert est envahi d'une émotion toute nouvelle. Il a beau se dire qu'il est scandalisé, que c'est mal qu'une jeune fille s'exhibe ainsi, que les hommes présents sont des cochons, lui y compris, les femmes, des vicieuses, il se sent drôlement émoustillé. Il entend un coup de cymbales puis un roulement de baguettes sur un tambourin. C'est le moment attendu par la jeune fille sans doute. Dans une étonnante pirouette, elle se retourne. Monsieur Lambert se pétrifie, le cou allongé, les yeux exorbités, la bouche ouverte: la danseuse nue, c'est Pierrette!

Les yeux baissés, elle se concentre pour prendre le rythme. Ses pas, un moment hésitants, deviennent de plus en plus assurés. Les gestes ondulants de ses bras aussi. Tout devient facile. Elle cambre ses reins, ce qui durcit son ventre et arrondit ses seins. Elle n'est plus qu'un joli mouvement ondoyant. Elle roule des hanches, fait pivoter sa tête, et sa longue chevelure noire balaie ses épaules. Elle lève les bras, les jambes, se retourne, s'incline, présente ainsi à l'auditoire son gracieux derrière. Son ami avait bien raison, c'est facile ce métier. Justement parce que ce n'en est pas un, avait-il ajouté. Tu fais les gestes et les mouvements que tu veux... L'important, c'est de suivre le rythme et surtout d'avoir un beau corps. Et t'en as un fichu de beau, Pierrette. T'as pas à avoir peur, je serai toujours là pour te protéger. T'as pas à être gênée, tu me regarderas. Comme ça, t'auras l'impression que tu danses rien que pour moi. O.K.?

Il avait raison, son ami, puisque depuis un mois qu'elle danse le samedi après-midi, le samedi soir et le dimanche après-midi, il ne s'est rien passé de particulier, sauf dans le compte de banque qu'ils ont ouvert conjointement. En prévision du local qu'ils loueront pour y vendre ses châles et, de temps en temps, quand l'occasion se présentera, un peu de «pot». L'ami en refile à droite et à gauche, mais comme il l'a expliqué à Pierrette, c'est trop risqué de jouer «sans couverture» comme il le fait présentement. Pierrette, depuis le temps que tu en parles de ton comptoir d'artisanat! C'est pas compliqué, tu montres tes fesses et tu l'as!

Dès la deuxième fin de semaine, Pierrette était convaincue que l'idée de son ami était excellente. Danser nue, c'est pas effrayant. Dans la vie, c'est seulement le premier pas qui est difficile!

Elle n'est même plus gênée, Pierrette. La seule réticence qu'elle a, c'est que la «job» est ennuyante. Heureusement, elle a trouvé un moyen de se distraire. Quand elle est certaine qu'elle a le rythme vraiment dans la peau, une fois qu'elle est «branchée pour l'éternité», comme elle dit à son ami, quand le spectacle est sur la «track», quand elle est devenue cette poupée programmée pour un quart d'heure, alors elle peut discrètement s'offrir le seul divertissement qui lui soit possible: regarder dans la salle pour essayer d'identifier les hommes, surtout ceux qui lui crient des obscénités. Ou ceux qui habitent son village. Mon Dieu, Tancrède Savoie, j'aurais jamais pensé ça de lui! C'est la télévision qui les a rendus fous, ma foi de Dieu! Tancrède Savoie qui vient me voir danser nue, elle est bonne celle-là! Tu pourrais faire du chantage, si tu voulais, avait suggéré l'ami, on ferait quelques piastres de plus. Pierrette avait répondu un non catégorique. Elle observe les consignes de la maison. Même si tu es dans un «trou», il a ses lois, faut que tu les respectes, avait-elle répondu dignement.

Ce soir-là, quand Pierrette soulève les paupières pour s'offrir son habituelle distraction, c'est la catastrophe. Du premier coup d'œil, elle reconnaît son père. Comment aurait-elle pu le manquer: il dépasse les autres d'une tête, il est plaqué au mur, droit et rouge comme un cierge allumé.

Personne dans la salle ne remarque que la danseuse devient subitement une pauvre poupée de guenille aux yeux horrifiés. Elle a complètement perdu le rythme. L'ami, surpris et agacé, se dit: Les coliques la reprennent comme les premières fois. Faudrait pas qu'elle exagère! Je sacrifie toutes mes fins de semaine pour qu'elle se sente bien, pour qu'elle n'ait pas peur, alors bon Dieu, il va falloir qu'elle apprenne à se contrôler.

Le propriétaire, au bar, observe Pierrette du coin de l'œil comme on surveille l'ampoule électrique qui se met à clignoter, en pensant seulement qu'il sera embêté si le courant vient à manquer. Elle a droit à cinq minutes de repos tous les quarts d'heure. Il n'a même pas à regarder sa montre: elle vient tout juste de commencer à danser. Faut-il qu'en plus de surveiller la caisse, le service, de mettre dehors les gars qui veulent se battre, faut-il qu'en plus il soit obligé de chronométrer cette petite pimbêche? C'est pas assez qu'elle ait imposé son chum, elle va pas se mettre à faire des manières. Maudit qu'elles sont compliquées ces filles-là, même celles de l'agence qui viennent de Montréal et coûtent plus cher. Elles «craquent» à tout bout de champ, sans raison. C'est pourtant pas compliqué de montrer son cul! Ah ben, c'est le boutte! Pierrette vient de mettre son déshabillé et se précipite vers la petite porte, près de la sortie de secours, celle qui donne sur un réduit, tout juste plus grand qu'un placard, qui sent la cigarette, la sueur et le fard bon marché.

Le propriétaire se lève, écrase sa cigarette, pousse le commis de bar:

— Je prends ta place, va lui dire qu'elle me vole du temps, que je serai obligé de lui enlever ça sur sa paye. En passant, baisse le rhéostat des projecteurs qui coûtent cher en maudit.

Quelques clients autour de la piste crient au patron qu'on les roule. Le patron répond qu'ils n'ont pas à s'inquiéter, ils en auront pour leur argent. Le commis revient d'ailleurs du réduit en disant que Pierrette promet de faire une demi-heure d'affilée aussitôt qu'elle aura bu son coke et fumé sa cigarette.

— Patron, elle a bien fait d'arrêter cinq minutes, ajoute-t-il. Je sais pas ce qu'elle a, mais elle est mauditement énervée.

— Je suis pas un sauvage, tu le sais, mais je suis pas non plus une œuvre de charité. T'as deux commandes de gin pour le client qui est collé au mur, à côté de la porte.

— O.K. boss.

Les cinq minutes sont à peine écoulées que Pierrette reparaît dans son misérable déshabillé rose. Elle monte sur l'estrade avec précipitation, regarde au fond de la salle et de nouveau semble se trouver mal. Elle demeure là, sans bouger, l'air affolé. Ses lèvres tremblent et le chum voit couler sur les joues de Pierrette deux longues lignes de rimmel.

— Tu le donnes ton show ou tu le donnes pas? crie un gars au toupet frisé attablé devant six grosses bouteilles de bière.

— Ferme ta gueule ou c'est moi qui vas te la fermer, crie le chum qui a repris sa place près du cercle éclairé.

Pierrette détourne son regard du fond de la salle. Elle ne suit plus le rituel. Elle arrache son déshabillé, le tire au chum qui n'a pas le temps de tendre le bras pour le recevoir. Et la voilà complètement déchaînée.

Le patron derrière le bar dit au commis:

— Veux-tu bien me dire ce qu'elle a à soir. Elle va pas être capable de tenir une demi-heure à ce rythme-là.

Il y a dans la façon de danser de Pierrette un mélange de provocation et de souffrance qui transforme les spectateurs ordinairement bavards et distraits en un auditoire médusé. Elle danse en suivant un rythme si imprévu que le commis de bar va arrêter le disque. On n'entend plus que le claquement des talons pointus. Puis, d'un coup de pied, elle envoie rouler ses chaussures. Il se fait un silence intolérable. Le malaise qui envahit l'assistance n'est pas le trouble habituel des voyeurs. Cette danseuse exhibe subitement cette part d'elle-même que personne ne veut voir: sa servilité et son humiliation. Elle ne joue plus le jeu demandé. Elle triche. Elle les provoque avec une fureur qui se transforme en accusation. Elle les regarde avec une dureté qui remue la vase au fond de chacun. Des filets de sueur coulent à la pointe de ses sourcils, d'autres glissent de ses aisselles, au creux de ses reins. Elle arrête tout à coup de danser, ouvre les jambes, cambre son corps mouillé, tend vers le plafond les poings de la révolte et demeure ainsi, frémissante comme une bête qui vient d'être battue.

Ivre de douleur, de colère et de honte, le visage et le corps couverts de sueur, elle fixe d'un regard qui semble devenir fou quelqu'un au fond de la salle. Les têtes dans l'assistance peu à peu se retournent et convergent vers monsieur Lambert qui réussit enfin à se lever.

— Ç'a pas de maudit bon sens ce qui arrive, grogne-t-il en payant l'addition au comptoir près de la porte.

— Y en a qui sont jamais contents, répond machinalement le commis.

— Qu'est-ce qu'il vous faut de plus, maudit? bougonne le patron. Et pis, si vous aimiez pas ça, personne vous obligeait de rester!

— Ç'a pas de maudit bon sens, répète seulement monsieur Lambert en titubant vers la sortie.

* * *

Le dimanche matin, madame Lambert ne comprend plus rien à ce qui se passe chez elle. La veille, son mari est rentré tard, le pas mal assuré. Il a tenu des propos extravagants, et sa voix était méchante.

— Tu déparles, Euclide. Tu ferais mieux de dormir, avait-elle dit à moitié réveillée.

— Martha, on a été créés par un fou ou un sadique.

Madame Lambert pense que son mari est trop saoul pour qu'elle s'épuise à l'engueuler, mais elle ne peut s'empêcher de frémir à l'entendre blasphémer ainsi.

— Je ne t'ai jamais entendu offenser Dieu de cette façon, Euclide. Pourquoi Dieu serait-il fou ou sadique?

— Parce qu'il a mis dans la tête de l'homme des

désirs qu'il ne permet même pas aux animaux.

— Je comprends pas ce que tu veux dire, Euclide. Es-tu malade?

Il ne répond pas. Il ronfle déjà. Martha s'appuie sur son coude pour l'observer. Elle se sent plus déconcertée que furieuse. Que signifient tous ses propos et cette conduite inhabituelle? Il ne perd rien pour attendre, maugrée-t-elle avant de se rendormir.

Elle se réveille très tôt, exténuée, comme si toutes les questions qu'elle s'était posées la veille l'avaient torturée durant son sommeil. Elle descend mettre la table et faire le café, tout en continuant à réfléchir aux propos incompréhensibles d'Euclide. C'est tout de même pas un contrat de foin vendu debout qui a pu le mettre dans cet état! S'il peut se réveiller, bon Dieu. Elle est au bord de la crise nerveuse quand elle entend craquer le plancher de la chambre à coucher. Euclide apparaît bientôt au sommet de l'escalier, les yeux bouffis, le teint blafard, les lèvres serties d'une ligne de salive sèche. Il est dans un si piteux état que Martha décide d'attendre qu'il boive son café avant de demander des explications.

Euclide vient à peine de s'installer pour déjeuner que Pierrette arrive comme portée par un cyclone. Elle traverse la cuisine en courant, monte l'escalier deux marches à la fois, puis redescend avec une caisse sous un bras et la grosse valise de la famille au bout de l'autre.

— Qu'est-ce qui te prend? dit madame Lambert, interloquée.

Pierrette va poser la caisse et la valise sur la galerie comme sur un quai de chargement. Un jeune homme s'en empare aussitôt et les transporte dans un taxi, garé au bout de l'allée qui monte au perron.

— Qu'est-ce qui te prend? demande de nouveau madame Lambert à sa fille qui retraverse la cuisine vers l'escalier.

— Je suis tout énervée, maman, répond Pierrette sans s'arrêter. On a trouvé un logement avec une petite salle et un comptoir.

— On dirait que tu cours au feu! C'est qui ce gars-là? C'est quoi ces manières-là? Assieds-toi qu'on se parle. Pierrette, je t'en prie, arrête de m'énerver.

— Je peux pas, maman, j'ai pas le temps à matin. Il y a un autre locataire qui veut le logement. Il paraît qu'il sera là à onze heures.

Pierrette décroche son autre manteau de la patère, son imperméable, son coupe-vent, sa veste de laine.

— Je te rapporterai la valise, maman, en te donnant toutes les nouvelles.

Elle jette un regard affolé à son père, fait un pas en direction de sa mère, puis se retourne brusquement et se dirige vers la porte.

— Je t'appellerai, maman, crie-t-elle en descendant les marches du perron.

Madame Lambert court se poster à la fenêtre. Le jeune homme est venu au devant de Pierrette et ramasse tout ce qu'elle échappe le long de l'allée.

— Une vraie folle! Pis toi qui es tout chaviré! Qu'est-ce qui se passe, mon Dieu!

Elle reste à la fenêtre. Le taxi démarre. Elle se

retourne mais reste appuyée au mur. Puis elle s'avise de la présence de son mari qui mange ses œufs et trempe son pain dans son bol de café.

— Et toi, Euclide, qu'est-ce que tu en penses?

Il bégaie, marmonne des phrases incompréhensibles, la bouche pleine, les yeux fixés sur son assiette.

— Voyons, Euclide, parle plus clairement, je comprends rien.

Elle s'approche de la table, s'y appuie des deux mains en s'inclinant vers son mari.

— Qu'est-ce que t'en penses, Euclide?

Il avale sa bouchée, tient son couteau et sa fourchette en l'air et dit d'une voix hébétée, le regard malheureux:

— Je n'en pense rien, Martha.

— Comment, tu n'en penses rien? Ta fille et toi, vous avez subitement des agissements qui me dépassent et il faudrait peut-être que je n'en parle pas, que je fasse la souche. C'est quoi ces manières-là?

Elle crie presque maintenant:

— Qu'est-ce que t'en penses, Euclide?

Euclide dépose ses ustensiles, se redresse sur sa chaise, le regard affolé.

— Martha...

Il ne va pas plus loin. Il ne peut pas, non il ne peut pas lui avouer ce désir épouvantable qu'il a ressenti pour sa fille.

— Martha, je pense qu'on n'y peut rien, c'est la vie.

Il a l'air subitement si malheureux qu'elle demeure bouche bée. Elle sort sur la galerie ramasser un chandail rose que Pierrette a échappé. Elle répète bêtement:

— C'est la vie. On n'y peut rien, c'est la vie.

Elle revient dans la maison et s'arrête devant la table avec un regard profond qu'il ne lui connaît pas.

— C'est quoi la vie, Euclide? Ça rime à quoi?

— Ben voyons, Martha, qu'est-ce qui t'arrive? Ben voyons, Martha, calme-toi. On va pas commencer à se demander c'est quoi la vie pis c'est quoi la mort. On va devenir fous!

LES VENDEURS DU TEMPLE

Gonzague freine brusquement. Les phares de sa jeep éclairent le veilleur de nuit paralysé d'épouvante. Gonzague pense que la terreur de cet homme confirme l'importance de son geste. Son message sera entendu.

Des morceaux de verre continuent de tomber sur le capot du véhicule, s'y brisent et les éclats brillent un instant avant de glisser sur le plancher.

Gonzague desserre ses mains, blanches d'avoir trop serré le volant. Il halète et son corps répand une odeur de fauve. Il essuie la sueur de son front et continue à regarder le veilleur de nuit qu'il vient de clouer au mur, lui semble-t-il.

— Maudite société corrompue... maudite société, répète-t-il, la voix chevrotante.

Il éprouve une immense fatigue depuis qu'il a enfoncé la façade vitrée du centre d'achat. D'épuisement, il ferme les yeux, et revoit le visage d'Élise. Il se rassure en pensant qu'elle s'est sans doute endormie. Il retrouve, intacts, les douces sensations, les élans de tendresse de son enfance. Leur lot, à chaque printemps, au dégel, se couvrait de cailloux. C'était une petite terre de misère, dans le rang en haut de celui où il habite depuis deux mois. La forêt, aujourd'hui, y a repris toute la place. C'est à peine s'il a pu retrouver l'emplacement de la maison où il a été si heureux... durant douze ans. Jusqu'à l'exode familial vers la ville, où sa mère est morte d'ennui et son père, d'alcool. La famille alors s'est éparpillée comme des moineaux de ruelle affamés.

Vingt ans sans revenir... Vingt ans à travailler comme un maudit forçat en prévision du retour vers la terre promise. Mon Dieu que c'est tenace un rêve d'enfant, murmure-t-il, et imprudent d'y enfouir toutes ses économies... Mais elle est si belle la maison qu'il vient de rénover, avec son larmier arrondi, ses poteaux tournés, le toit en bardeaux de cèdre, la cuisine d'été allongée vers le sud! Et, à travers le rideau: la chaise berçante, un pan de mur décapé, les poutres remises à jour. C'est vrai qu'ils ont travaillé en maudit... Mais c'est déjà oublié, puisqu'ils ont réussi.

Soudainement, la flamme de la lampe devient une luciole, les vitres, des voiles argentés. Gonzague lève la tête. La pleine lune vient d'envahir le ciel. Le nuage qui l'a dégagée glisse vers l'est. La forêt est devenue plus noire mais la cime des arbres s'éclaire. Gonzague pense qu'il n'est pas encore allé, depuis son retour, jusqu'au coude de l'ancienne route, là où par l'échancrure d'une coulée, apparaît la vallée de la Méchatigan. Une vallée sertie de collines douces, avec la rivière au fond, ondulante, presque à l'égalité des grasses terres qui la bordent. Pourquoi ne pas y aller, tout de suite... La nuit est si calme, si douce.

Il allonge le pas. Le coassement des grenouilles de l'étang lui rappelle que, jeune, il est passé souvent avec ses parents sur cette petite route. Il entend sa mère: «Appuie-toi derrière mon épaule, le chemin est si cahoteux». Elle rabattait sur ses genoux un pan de sa jupe. La douceur de sa main dans ses cheveux... Même à son âge, certains souvenirs lui donnent envie de pleurer.

Il est presque arrivé à l'intersection du rang. Bientôt l'étroite route qui oblique vers la droite sera là. Comme la vallée doit être belle dans cette clarté bleutée qui donne aux ombres une intensité dramatique et aux maisons, une mystérieuse fragilité! Dans son exaltation, Gonzague ferme les yeux pour franchir les vingt derniers pas. Il veut s'offrir tout le paysage en même temps, celui qu'il revoyait depuis vingt ans, à l'usine, quand ses gestes répétitifs libéraient sa pensée. Il s'arrête. Les bêtes se sont tues ou il ne les entend plus tant son excitation est grande. Il ouvre enfin les yeux. «Calvaire, c'est pas possible!» Son cri se répercute dans la forêt. Une immense bâtisse obstrue complètement l'échancrure de la coulée. «Calvaire, le centre d'achat! Les abrutis! Flanquer le centre d'achat à cet endroit!»

Les poings serrés, Gonzague se sent dépossédé, puis étranglé par toutes les frustrations qu'il n'a pas eu le courage de s'avouer depuis qu'il est revenu dans son pays natal. Les vulgaires bungalows américains bâtis devant les maisons d'habitants, celles qu'il décrivait avec dévotion à ses copains de Pointe-Saint-Charles. Tous ces massacres de la nature pour redresser inutilement la courbe d'une route... ces remblaiements des rives de la rivière... ces horribles garages en tôle ondulée ou ces abominables restaurants en blocs de ciment où crèvent les danseuses nues. Et le cimetière où sont enterrés ses grands-parents, pourquoi en avoir arraché les arbres, la clôture en fer forgé et les boîtes vitrées qui protégeaient les bouquets en plastique? Pourquoi ont-ils fait ça, Clotilde? Pourquoi? Tu comprends rien, mon pauvre Gonzague, avait répondu sèchement sa cousine. C'est pas parce qu'on habite dans les concessions qu'on peut pas avoir du gazon au cimetière, du néon à l'église, des «vitrines» aux maisons et des grands terrains de parking en asphalte.

Le souvenir de cette conversation lui revient soudainement. Tais-toi ou je t'étripe, hurle Gonzague. L'écho de sa voix le fait sursauter. Il prend subitement conscience qu'il est seul au faîte de la colline en face de cet énorme et monstrueux centre d'achat.

Regardez, les enfants, disait sa mère, regardez, je suis certaine qu'il n'y a rien de plus beau au monde que ce paysage. T'as raison, Adrienne, répondait son père en mettant le cheval au pas.

— C'est pas possible, répète Gonzague, c'est pas possible!

La nuit, subitement, lui donne le vertige.

— On peut tout de même pas laisser tout massacrer, crie-t-il, ce serait de la complicité!

Il fait demi-tour, court jusqu'à son appentis, saute dans la jeep qu'il a achetée au «Surplus de l'armée», recule à folle allure. L'embrayage grinche. Les pneus dérapent, lancent des volées de gravier. Son chien ne le reconnaît plus et se met à aboyer.

Gonzague roule à toute vitesse. À chaque cahot, il doit s'accrocher à son volant pour se replacer dans le creux du siège. Il dévale bientôt le coteau, les yeux rivés sur le centre d'achat qu'il vient d'apercevoir depuis le dernier détour.

— Le boutte du boutte, rugit-il en tournant à angle droit dans l'immense terrain d'asphalte. Alors il écrase l'accélérateur au plancher et fonce dans l'immense façade vitrée.

La jeep s'immobilise dans le mail central. Gonzague a maintenant l'impression de tenir en joue, par les faisceaux de ses phares, le veilleur de nuit qui ne bouge toujours pas, plaqué au mur, les bras et les jambes écartés. Il a le regard fixe d'un chevreuil «jacké».

Gonzague renverse la tête pour atténuer la douleur qui étreint sa nuque. Il la masse doucement d'un geste habituel, et la tension se relâche. Il se redresse, ouvre les yeux: le veilleur de nuit a disparu. Aussitôt, il éprouve un sentiment d'urgence. Les policiers ont été alertés, c'est certain; ils répondent déjà à l'appel de la radio-patrouille. Mais le plus difficile est accompli. Le pare-brise a résisté, les phares aussi. Gonzague y voit un signe du Destin. Il faut continuer, il faut achever la tâche entreprise.

Comme il doit faire vite, au lieu de faire chaque fois marche arrière dans le mail central, il décide de prendre les boutiques en enfilade pour enfoncer leurs cloisons mitoyennes.

Il se souffle dans les mains, se cambre sur son siège, et pousse le moteur. La jeep bondit. La première boutique est spécialisée en lingerie féminine: c'est une tempête de dentelles et de rubans.

Des murs en bois pressé... même pas de la bonne construction, pense-t-il en faisant éclater la deuxième cloison. Son pare-chocs frappe une pyramide de valises qui retombent ouvertes et tordues. «Bon voyage en Floride, bande d'abrutis!» ricane Gonzague. La plus noble mission ne défend pas qu'on puisse rigoler. Dans la boutique unisexe, il charge un mannequin qui retombe en morceaux sur le capot de la jeep. Il rit subitement aux éclats, sans trop savoir pourquoi. La boutique de jouets lui rend sa colère. Il donne même un coup de volant à droite pour s'offrir les engins de guerre miniatures et les horribles «bouts de chou». Le magasin suivant est une bijouterie. Les chapelets en pierre de roche, les colliers en verre taillé, les bagues en «zircon» retombent comme une pluie de feux minuscules. Gonzague baisse sa vitre, recule pour entendre le bruissement particulier de cette camelote pulvérisée par les pneus, s'en amuse un instant tout en essuyant la sueur de son front. Puis il remonte la vitre. L'autre cloison éclate comme au cinéma. Il ne ralentit même pas. C'est une parfumerie. C'est pire que s'il venait d'écraser une bête puante, pense-t-il en fonçant dans l'autre mur. Une confiserie! Il doit actionner les essuie-vitres.

Il ressent subitement une immense fatigue. Il est

maintenant dans une papeterie. Il roule lentement, frappe l'étalage au milieu de la pièce, percute une étagère. Des feuilles blanches redescendent en lignes brisées. Elles jonchent le sol, collent à la carrosserie. Quelques-unes virevoltent plus lentement avant de retomber sur le pare-brise. Des feuilles blanches... J'aurais dû prévoir une déclaration, songe Gonzague, privé subitement de son élan messianique.

Il pose sa tête sur ses bras appuyés au volant. Il se sent sur le point de s'évanouir, mais respire profondément. Il lui faut tout de suite retrouver sa force, puisque le dernier mur est en brique et donne sur le parking. Il relève la tête. Les feuilles où rien n'est écrit sont toujours collées à la vitre. J'aurais dû écrire mon message. Son regard se brouille de larmes, déforme le papier, le mur, ses mains. Au moment où il pense qu'il pourrait s'enfuir tout simplement, même s'il ne regrette pas son action, un rapprochement se fait dans son esprit et lui redonne foi en lui-même: Est-ce que Jésus-Christ a fait un discours après avoir chassé les vendeurs du Temple?

Alors il serre le volant, hurle pour se donner du courage, et colle une dernière fois l'accélérateur au plancher. Le choc est terrible. Il entend le fracas des briques renversées. Il ouvre les yeux. Il est dans le parking.

Calmement, il descend de la jeep et demeure immobile.

Les voitures des policiers dessinent un demi-cercle de clignotants rouges entre lui et les issues du terrain. Gonzague réfléchit qu'ils sont trop nombreux, mais en même temps, il est satisfait. Tout ce branle-bas nocturne a certainement ameuté les journalistes et les curieux; son message sera entendu.

Il remonte ses cheveux, se racle la gorge et avance d'un pas. Il voit aussitôt se resserrer le cercle des policiers, descendus de leur voiture. Il entend le bruit sec des crans de sûreté des revolvers. Il ne bouge plus. Les agents s'immobilisent aussi. Un projecteur s'allume et se braque sur lui. Un autre balaie des groupes dans le parking. Il voit, au premier plan, les lueurs intermittentes des clignotants rouges se refléter sur le métal des revolvers pointés dans sa direction.

— Ne tirez pas, crie Gonzague. J'ai un message à transmettre, c'est tout.

— T'étais pas obligé de tout démolir pour ça!

— Vas-y, on t'écoute, rigole un autre agent.

Mais il demeure muet. Il sait très bien ce qu'il veut dire: les valeurs humaines, la profanation de la nature, l'esclavage de la consommation, et tout le reste. Mais comment dire ça avec des mots? Il cherche mais ne trouve pas. Désemparé, il songe qu'il n'aurait qu'à courir pour qu'on lui tire dessus.

— On l'attend, ton maudit message, crie un policier.

— Ou bien lève les mains et rends-toi. On est pas pour passer la nuit icitte.

Gonzague a mal à la tête. Les mots du message... non, il n'y arrive pas. Au moment où il pense qu'il n'a plus qu'à se rendre, il entend sa propre voix. Elle lui est comme étrangère.

— Mon action peut vous paraître extravagante,

110

dit-il, solennel. Je sais ce qu'elle me coûtera. Mais j'ai cru que je pourrais ainsi attirer l'attention des gens de mon pays pour qu'ils comprennent enfin que l'humanité…

On l'interrompt brusquement:

— Dis donc, toi, te prends-tu pour un prophète?

Gonzague hésite.

— Oui, peut-être que j'en suis un…

La nuit s'emplit d'éclats de rire.

— Mais c'est quoi, un prophète?

Le groupe des curieux se rapproche. Gonzague fait un geste d'impuissance. Aux policiers qui maintenant l'encerclent, il répond doucement:

— Je ne peux pas l'expliquer, je ne peux pas mais je le sens.

Pendant quelques secondes, personne ne bouge. Puis Gonzague tend les poignets en marmonnant quelques phrases que l'on ne comprend pas mais où il est question, semble-t-il, de beauté et de survie.

On lui passe les menottes.

LE DÉMÉNAGEMENT

Irène dépose le lustre Tiffany dans une manne d'osier qu'elle porte vers sa voiture; la manne y entre de justesse en égratignant la portière. Irène observe l'éraflure d'un air indifférent, puis va chercher un abat-jour en opaline qu'elle dépose aussi sur le siège arrière.

— Vous auriez dû le mettre dans une caisse bourrée de papier, dit un des déménageurs.

Le deuxième approuve d'un signe de tête puis demande, le regard moqueur:

— On apporte le harnais?

— Oui, répond Irène d'un ton gêné.

— Est-ce qu'il faut prévoir qu'on doit transporter aussi un cheval?

Je suis ridicule, complètement ridicule... pense Irène, en souriant bravement aux deux déménageurs, des hommes dans la trentaine qui habitent le village qu'elle quitte. Elle se rassure: leurs plaisanteries sont sans doute un exutoire aux malaises qu'ils ressentent par sympathie pour elle.

113

— C'était une petite jument... J'ai dû la faire tuer, murmure-t-elle, le regard absent.

Il en est des bêtes comme des hommes, pense-t-elle, on ne peut pas en aimer plusieurs. Elle revoit la camionnette qui était venue chercher la jument pour l'emmener à l'abattoir. La bête méfiante ne voulait pas y monter. Elle se cabrait, hennissait à fendre l'âme. C'est elle, Irène, qui avait réussi à la faire obéir en lui cajolant l'encolure, en lui offrant de l'avoine. Dans le regard de l'animal, il y avait un insoutenable affolement, un regard qui l'accusait de trahison...

— Y a pas de canot, mais on charge l'aviron? questionne Joseph en élevant la voix.

— J'emporte tout, répond Irène d'un ton définitif, en désignant deux selles, un poêle en fonte démonté, une caisse de jouets abîmés et une boîte de cailloux. Elle demeure ainsi quelques secondes, le bras tendu. Les vieux jouets des enfants... les cailloux qu'elle rapportait de chacun de leurs voyages... le poêle fendu du vieux camp de chasse... Est-ce que je ne deviens pas sénile? se demande-t-elle. Son visage prend un air si pathétique que les déménageurs oublient les plaisanteries qui leur viennent à l'esprit.

— D'après l'adresse, on sait que c'est à Montréal que vous déménagez. Si on regarde ce qu'on transporte, on constate que c'est pas dans un meublé sous le pont Jacques-Cartier! se contente de dire Joseph.

— Vous feriez de très bons détectives, répond Irène, en s'efforçant de sourire.

— On connaît la province comme le fond de

notre poche, mais pas Montréal... Montréal, on fait toujours des détours pour l'éviter quand on va livrer dans le Nord... Avec votre ménage, on va ben être obligés d'y entrer.

— Ne vous inquiétez pas. Ce sera facile, je vous piloterai.

— Si ça vous ennuie pas, on aimerait mieux.

Les deux hommes paraissent soulagés. Ils ont fini de charger l'énorme fardier et s'épongent le front et le cou avec des mouchoirs rouges à pois blancs.

— Maudit qu'on a fait une bonne job! Regardez-moi ça: pas un pouce d'espace perdu.

Ils rabattent les portes, font pivoter l'énorme barre de fer.

— C'est entendu, madame Bellerose, vous nous doublez avant le pont Jacques-Cartier et on vous suit.

— C'est entendu, répond Irène. Bon voyage! Elle a parlé de sa voix blanche, celle qui trahit ses émotions de façon indiscrète et l'oblige chaque fois à mentir: sitôt que je prends du froid ou que je suis fatiguée, dit-elle alors, mes cordes vocales ont envie de flancher.

Après le départ du poids lourd, elle revient dans la maison faire le tour des pièces vides sous prétexte de s'assurer qu'elle n'a rien oublié. Elle le regrette aussitôt. C'est sinistre. Des lignes de poussière délimitent le contour des tapis. Des rectangles et des carrés, plus pâles, marquent aux murs la place si minutieusement choisie pour chaque tableau. Elle n'a pas enlevé les crochets, laissant au nouveau propriétaire la responsabilité de briser le crépi. Puis elle se hâte vers la cuisine. Dans un sac d'épicerie, elle a caché sa bouteille de gin. Elle boit longuement à même le goulot et sent aussitôt à l'intérieur d'elle-même s'épanouir une chaleur douce. Elle garde le sac à sa main pour être certaine de ne pas l'oublier et de ternir ainsi cette réputation qu'elle a d'être une femme rangée. Elle sort sur la galerie qui donne sur le jardin. C'est le temps ou jamais, pense-t-elle, de pratiquer les exercices de détente que lui a enseignés sa meilleure amie. Elle dépose la bouteille, tend les bras, aspire profondément, expire de la même façon, avec cette bonne volonté qui rassure son entourage et lui permet, à elle, de croire qu'elle peut survivre à la mort de son compagnon.

Sans se demander si elle en est redevable à l'alcool ou aux exercices, elle constate qu'elle se sent mieux. Les plates-bandes regorgent d'asters mauves, blancs et bleus. En ce mois de septembre déjà avancé, ils sont à l'apogée de leur splendeur. Elle voit des geais bleus dans les mélèzes, au bas du terrain. Pourquoi sont-ils descendus si tôt de la forêt? Pressentent-ils qu'il n'y aura plus personne pour les nourrir? Peut-être aussi qu'ils sentent cette présence invisible, ce fluide magnétique qui subsiste après la mort d'un être, dit-on. Elle demeure pensive à contempler le jardin, son ancien jardin. Pourquoi ce lieu lui est-il si précieux? Est-elle victime d'un sortilège? Est-on lié indéfectiblement à un coin de pays parce qu'on y a été heureux? Est-ce que Montréal peut devenir son nouveau point d'ancrage?

Irène sent monter en elle une terreur inexplicable. Injustifiable, pense-t-elle, agacée, puisqu'elle a vécu et étudié là-bas. Rien ni personne ne l'a obligée, du reste, à vendre la maison et à déclencher ainsi tout ce mouvement. Elle demeure là, immobile, le menton relevé, la bouche entrouverte, éperdue subitement quand, sans y penser, elle hume l'odeur épicée de la menthe poivrée. L'angélus sonne au clocher de l'église.

Irène sursaute. Mon Dieu, le camion! murmure-t-elle en ramassant sa bouteille. Elle traverse la salle de séjour d'un pas rapide, referme la porte d'entrée, saute dans sa voiture en se répétant qu'elle est d'un vert vraiment moche, et se cale dans la banquette en constatant une fois de plus combien elle est inconfortable. Ils avaient acheté cette voiture bon marché avec une désinvolture qui leur prouvait qu'ils ne cédaient pas (non pas eux, Dieu merci!) aux exigences pernicieuses de la société de consommation.

Le dos droit, les deux mains agrippées au volant, Irène s'applique à conduire plus vite que d'habitude. Elle ne peut quand même pas s'empêcher de remarquer que la rivière a son allure molle, soyeuse, avec, en surface, des éclats d'un gris métallique.

Pour vaincre son attendrissement, Irène pense qu'en été, cette rivière pue la charogne, et qu'il est devenu désagréable d'y pêcher l'achigan et le maskinongé. Le seul plaisir qu'elle peut encore offrir est le va-et-vient de la sauvagine en période de migration, auquel Irène a ajouté, là où la berge est abrupte, sablonneuse, criblée d'orifices, le plaisir de surveiller l'agitation d'une colonie d'hirondelles à queue fourchue.

Elle s'aperçoit bientôt qu'elle a rejoint l'autoroute sans avoir doublé le poids lourd. Se peut-il qu'elle soit demeurée si longtemps sur la galerie? Elle accélère, double un premier camion, puis un second. Elle n'est pas obligée d'y lire le nom des compagnies puisqu'elle pourra reconnaître le sien à sa couleur. Mauve... un camion mauve... quelle trouvaille! Elle ne pourra pas le manquer!

Rassurée, elle n'a plus qu'une seule préoccupation: ne pas ralentir malgré le désir subit qu'elle a de dormir. Quelques minutes seulement, pour retrouver sa lucidité. Mais non, elle ne peut pas s'offrir deux secondes de répit, à cause de ces deux camionneurs qui doivent conduire à une vitesse folle, comme la plupart de leurs congénères. Pourquoi avoir choisi cette compagnie de transport? Ça lui apprendra à se faire accroire qu'elle veut encourager quelqu'un de la région, alors qu'inconsciemment elle a dû calculer qu'il lui en coûterait moins cher. La belle avance! Elle va retrouver les camionneurs écrabouillés sur le mur en ciment du premier viaduc!

Est-ce qu'elle n'a pas pris une décision prématurée en décidant de partir? Est-ce qu'elle n'a pas obéi au réflexe le plus courant? Quand le malheur frappe, ceux qui le peuvent bouclent leurs valises. Quand la vie est devenue insupportable à un endroit, elle ne peut qu'être plus douce ailleurs! L'inconnu renferme toujours une part de mystère, qu'on appelle de l'espoir. Des leurres... conclut Irène, des leurres qu'elle a agités elle-même pour se créer un mirage d'illusions.

Elle se redresse subitement, se cramponne de nouveau au volant, pousse un ouf! de soulagement: les roues de droite viennent d'accrocher l'accotement. Elle ralentit quelques minutes pour se calmer, s'offre une gomme à mâcher, monte le volume de la radio et sent qu'elle vient heureusement de déclencher en elle ses mécanismes de défense. Il lui reste à occuper son esprit: pourquoi ne pas imaginer l'aménagement de sa nouvelle maison? Ou analyser cette absence subite de sensation, cette vacuité soudaine de tout son être. Non. Elle préfère chercher à la radio un de ces «magazines parlés» où les sujets hétéroclites chevauchent, où l'esprit butine au passage quelques renseignements, sur le suicide chez les jeunes par exemple, ou des conseils sur la façon de nourrir les chats. Voilà, elle a trouvé. Elle entend des commentaires froids et précis sur les conséquences désastreuses de la prolifération des déserts en Afrique. En Amérique aussi. Elle voit défiler des enfants au regard fiévreux, des femmes aux mamelles séchées, puis des vieillards squelettiques... des millions qui s'acheminent misérablement vers une mort certaine, mais elle n'écoute plus. L'humanité tout entière vient de se résorber en un point minuscule. Le point devient une tache, qui s'agrandit jusqu'à l'incommensurable et ne concerne plus que la mort d'un seul homme, le sien. Elle s'aperçoit à temps qu'elle tremble et qu'elle va éclater en sanglots. Elle change aussitôt de poste, fixe de nouveau son attention, et apprend comment cuire un pâté aux fruits sans que le jus se répande au fond du four en emplissant la maison de fumée.

Irène pense qu'on n'en finit jamais de parfaire les gestes quotidiens et qu'on a bien tort de mépriser les êtres qui sont accaparés par des hantises toutes simples: vider continuellement les cendriers, faire disparaître les journaux sitôt lus, laver les murs à chaque année même s'ils sont propres. Ces manies lui apparaissent subitement comme beaucoup plus saines, en tout cas moins pernicieuses que ses obsessions à elle, qui la braquent sur des questions peut-être essentielles mais sans réponse. Le pourquoi et le comment de la vie... À moins d'avoir la foi, évidemment. La foi... Comme tout serait plus facile si elle pouvait se prévaloir d'une part d'éternité. Mais la foi est un don de Dieu. Elle ne l'a pas reçu, elle qui a pourtant été une pensionnaire exemplaire... Irène pense à ses amis croyants qui sont instruits et intelligents. Comment peuvent-ils franchir si allégrement l'abîme qui sépare la rationalité de l'absolu de la foi, se demande-t-elle avant de penser qu'un autre palliatif pour elle serait d'avoir une obsession: devenir une spécialiste des glyptodons, de la chaise berçante durant la première moitié du XIXᵉ siècle, partir elle aussi à la recherche du tombeau de Champlain, ou se braquer sur le comportement sexuel des antennarius marbrés...

Elle se sent de nouveau engourdie de sommeil. Son regard dédouble les voitures et les panneaux de circulation, embrouille le paysage. Son pied est mou, léger. Elle constate qu'elle ralentit. Des autos la doublent, un énorme camion lui donne un moment l'impression qu'il va l'aspirer, mais elle a le réflexe de demeurer dans son sillage, de conduire comme si sa voiture était remorquée, le regard fixé sur les mots écrits à l'arrière de la remorque: *moving coast to coast...* *moving coast to coast...* Elle n'est évidemment pas la seule à déménager. Comme on devient égocentrique dans le malheur, pense-t-elle, avant de s'apercevoir qu'elle s'est arrêtée à une halte routière derrière le camion qu'elle suivait. Elle pose son bras replié sur le volant, y appuie sa tête et ferme aussitôt les paupières. Au moment de s'assoupir, sa pensée devient un fouillis de souvenirs. Les trente dernières années se téléscopent, se bousculent sans ordre chronologique. Des images, des sons, des odeurs, sans rapport entre eux, émergent dans sa conscience comme autant de fragments épars. Elle revoit sa vie dans un kaléidoscope. Puis le tourbillon s'apaise, et se fixe sur une chambre d'hôpital blanche. En face du lit pend un immense crucifix. La plaie du cœur de Jésus dégouline de sang. Au mur de droite, un calendrier dont l'illustration montre un autre Christ plus âgé que le premier et qui, lui, porte son cœur écarlate dans un trou de sa poitrine. Elle entend le son mat et spongieux des roues du chariot qui apporte les nourrissons. Une infirmière amidonnée lui tend un bébé langé qui sent la poudre et la rosée.

Il est tiède, agité, déjà avide. Il tète bientôt avec une ferveur qui le fatigue. Des gouttes de sueur mouillent le duvet blond de sa tête. Irène ressent de nouveau cette ivresse qu'elle a éprouvée alors. Ce petit être fragile et vulnérable lui procure paradoxalement un immense sentiment de sécurité. François est debout, accoudé au pied du lit. Il la regarde amoureusement, puis contemple le nouveau-né. Il éprouve pour chacun d'eux un sentiment qui illumine son regard. «Comme tu as l'air heureuse.» Malgré la chaleur de la voix, Irène perçoit une réticence. Peut-être est-il jaloux de cette expérience humaine, la plus importante de toutes? À moins qu'il ne soit alarmé de cette intrusion soudaine dans sa vie amoureuse? Quelques minutes passent, silencieuses. Entre leurs regards se tend bientôt un lien. Le nourrisson tète maintenant avec calme. François les contemple l'une et l'autre, puis ensemble. Son visage s'éclaire. Il vient de s'inclure avec elle et le bébé dans une entité nouvelle.

La respiration d'Irène s'est régularisée. Elle bouge son bras sur le volant, cale mieux sa tête dans l'angle de son coude. C'est curieux, pense-t-elle, que dans le deuil remonte en moi un souvenir si précis où triomphe la vie? Puis elle s'endort.

C'est le froid qui la réveille. Son premier réflexe est de regarder l'heure à son poignet pour s'apercevoir, effarée, qu'elle vient de perdre vingt minutes. Pendant qu'elle remet le moteur en marche, elle tend la tête vers le miroir du pare-soleil. La marque du volant s'est imprimée en rouge sur son front ridé et sa paupière tombante. Elle n'est plus très fraîche, la quinquagénaire, murmure-t-elle en démarrant à toute vitesse. Une fois sur la route, elle se sent de nouveau alerte, combative, et oublie cette image d'elle-même qui l'amuse ou la désespère selon les jours. Une seule chose importe pour le moment: rejoindre le fardier avant le pont Jacques-Cartier. Elle concentre son attention, n'est plus qu'une sportive qui double les voitures, les camions, en essayant de repérer au loin la tache mauve du fardier et les feux rouges des voitures de patrouille, car l'aiguille du tableau de bord oscille nerveusement en pleine illégalité.

Elle rejoint le camion de justesse, 300 mètres avant le pont Jacques-Cartier. Elle roule en parallèle, klaxonne, agite la main. Le camionneur sort le bras pour manifester son contentement.

Irène conduit plutôt bien dans les situations difficiles, comme sur la glace ou dans la poudrerie. En ville, elle est gauche, trop lente. Aux intersections, elle accroche souvent la chaîne de trottoir, ou tourne trop abruptement. Justement, elle vient de commettre la bévue. Un policier siffle, il a l'air courroucé.

— On n'est pas à Saint-Clin-Clin, ici. Faites vos courbes, bon Dieu!

Le complexe de supériorité des citadins lui a toujours paru assez stupide pour qu'elle ne s'en afflige pas d'ordinaire. Aujourd'hui, la remarque cavalière du policier lui donne des coliques; elle en ressent une sorte d'humiliation. Se peut-il que sa force et son courage soient à ce point vulnérables? Quelle déception elle éprouve de constater que le stoïcisme qu'elle s'efforce de pratiquer n'empêche pas les coliques de lui tordre les boyaux. Son front et le creux de ses mains sont moites.

Heureusement, elle songe qu'elle n'est plus qu'à deux rues de sa nouvelle maison, qu'il n'y a plus de feux de circulation, mais aussi qu'elle est subitement écœurée de la vie et qu'un accident d'automobile serait pour elle une élégante solution. Cette réflexion lui vient, évidemment, alors qu'elle a déjà immobilisé sa voiture dans l'allée près de la galerie.

Quand elle sort de la salle de bains où elle s'est précipitée, elle voit, par la porte laissée ouverte, que le fardier n'a pas trouvé sa longueur le long du trottoir. La cabine, garée à angle droit, obstrue la moitié de la rue. Elle en passe la remarque. Joseph ne la relève même pas. Maintenant qu'ils ont atteint leur destination, ils ont du même coup retrouvé toute leur autorité.

Ils installent la passerelle du camion sur le perron, mesurent la largeur des portes, l'angle du corridor, la cage de l'escalier. Bernard, avant de ressortir, remarque sur le plancher l'empreinte de ses pieds:

— On va vous faire un maudit dégât!

— Ne vous en faites pas, répond aussitôt Irène. C'est de ma faute. J'aurais dû attendre avant de faire percer cette porte et de refaire le plâtre de ce mur.

Elle fait des bras un signe de fatalité et répète:

— J'aurais dû attendre.

— C'est préférable d'être sur les lieux durant une job, vous avez raison.

Le déménageur s'est arrêté. Il observe la maison, les fenêtres cintrées, la verrière en œil-de-bœuf de l'entrée. «C'est beau», dit-il, puis il paraît de nouveau navré. Les tablettes des châssis, les vitres, le manteau de la cheminée, le plancher, tout est recouvert d'une fine pellicule blanche. Le jour pluvieux ajoute à l'ambiance une note lugubre.

Les deux hommes, maintenant, la regardent. Ils ressentent une compassion subite. Irène flaire le danger de leur pitié. Elle dit avec précipitation:

— Dites donc, à ce rythme-là vous n'irez pas dîner avant la nuit.

Ils sortent. Irène demeure immobile entre le hall et le salon. La rumeur des rues avoisinantes ne lui permet pas d'entendre se lever le vent, mais elle remarque quelques feuilles roussies dans l'entrée.

— Faudrait peut-être balayer la galerie, dit doucement Joseph qui entre avec une petite chaise. Elle semble toute menue entre ses mains.

— C'est pas la peine, c'est pas salissant, des feuilles.

— Asseyez-vous, dit l'homme gentiment. Vous n'aurez qu'à nous indiquer où déposer les meubles et les caisses. On se débrouillera.

Irène se sent subitement entourée de bienveillance. Elle s'assoit. Durant les deux heures que dure l'opération, elle indique, presque sans hésitation, vers quelle pièce acheminer les meubles et les caisses sur lesquelles est inscrit leur contenu.

— Correspondance familiale, lit Bertrand en riant. C'est pas possible! Moi, mes lettres, y tiendraient dans ma petite poche!

— Dans la bibliothèque au fond du corridor en haut.

— Argenterie, dit l'autre.

— Au sous-sol.

— Au sous-sol? répète-t-il avec surprise. C'est comme vous voulez.

125

Ils sont vite devenus familiers. Et ne se gênent plus pour passer des commentaires.

— Les vieux coffres, on peut dire que vous aimez ça! Mon Dieu, vous en avez combien?

— Je ne les ai pas comptés. Il y en a qui sont si petits que je les ai mis à l'intérieur des gros, répond Irène en riant.

— Quand je pense que celui de ma mère, je l'ai monté sur le fanil!

— Vous n'aimez pas les meubles anciens?

— C'est pas que je ne les trouve pas beaux, mais j'ai toujours pensé que c'était plein de punaises.

— Écoutez-le pas, Madame Bellerose, il passe son temps à gaffer. Moi, j'ai gardé la commode de ma mère.

— Bibelots, c'est à quel étage?

— Posez la caisse dans le corridor, répond-elle, rêveuse, en pensant à ses souvenirs achetés dans un moment d'émotion, ceux qu'on retrouve avec étonnement en défaisant ses valises, surprise quelquefois de leur banalité. On les garde à cause de cette sensation exquise qu'on a éprouvée en les choisissant. Ils demeurent près de nous, témoins d'une journée inoubliable, d'une fièvre amoureuse, d'un plaisir, d'une euphorie…

— C'est pour où, la couchette de bébé?

Irène sursaute.

— On la porte dans votre chambre?

Elle observe dans le regard de Bernard une lueur égrillarde qui ne la surprend pas. Ils ont fait des blagues entre eux, c'est évident.

— Vous ne croyez pas, à mon âge, qu'il est préférable que vous la mettiez dans la chambre du milieu? répond-elle en riant.

Ils rigolent doucement et continuent sans ralentir leur rythme. Les meubles sont si nombreux qu'Irène en est gênée. Pour se donner une contenance, quand ils passent devant elle, elle commente leur style, indique leur provenance. Celui-là vient de la famille, l'autre est une trouvaille. Elle raconte des incidents comiques. Les souvenirs ajoutent une dimension sentimentale au meuble, au tableau ou à l'objet. Ils deviennent un prolongement d'elle-même, de l'autre. Elle en vient à trouver normal qu'elle n'ait pas eu le courage de s'en séparer.

Quand les déménageurs ont fini leur travail, Irène est toujours assise dans l'inconfortable petite chaise victorienne, sauf qu'elle est maintenant cernée de caisses et de tableaux.

— J'ai de la bière dans l'auto... Donnez-moi une minute, je cours la chercher.

Joseph répond qu'ils ont surtout faim, que la bière, ils se l'offriront en mangeant.

— Laissez-moi réfléchir que je vous suggère un restaurant.

— Pas la peine, madame Bellerose, on en a repéré un en arrivant. Il annonce des pizzas et des mets chinois.

— Où ça?

— Tout de suite à côté, à droite, au coin de la rue.

Irène s'amuse d'être prise en flagrant délit

d'éclectisme. Elle ne méprise pas la réalité, mais elle refuse d'en voir certains aspects, comme la violence ou la vulgarité. Quand on le lui reproche, elle se disculpe aussitôt, avec une lâcheté qu'elle se pardonne aussi, sans quoi elle ne pourrait pas vivre, se dit-elle.

Comment, en effet, assumer sa part de responsabilités des horreurs de l'humanité: les génocides, la famine, la torture? Comment accepter de manger dans une assiette de porcelaine des mets savamment cuisinés, quand on voit de l'autre côté de la table, en face de soi, un enfant affamé au regard fiévreux? Pour apaiser sa conscience, elle a canalisé ses énergies vers des combats moins compromettants, comme la sauvegarde du patrimoine culturel et les mouvements de tolérance.

— Vous ne voulez vraiment pas une bière?

Ils répètent que non. Ils semblent plutôt pressés de lui faire signer la formule où elle déclare être satisfaite de l'ouvrage accompli. Elle les remercie avec une solennité qui les fait revenir vers elle. Ils lui donnent la main chaleureusement en lui souhaitant bonne chance.

— Et bon courage pour nettoyer tout ce plâtre!

Ils soulèvent leur casquette. La porte claque. Irène entend un des deux hommes siffler en descendant les marches de la galerie. Durant un moment, qui est affreux, elle doute de leur sincérité, puis se ressaisit. Ils ne peuvent tout de même pas se sentir concernés par le pénible caprice de sa destinée à elle? Est-ce qu'elle s'est inquiétée de la leur?

Elle entend le bruit sourd des portes que l'on

referme, puis le grondement du moteur. Le bruit, en s'éloignant, se confond à la trame sonore ambiante, ce qui accentue le calme de sa rue. Le vent est devenu violent. Un vent d'ouest, sans doute. Pour la première fois de sa vie, Irène ne sait pas avec exactitude comment est orientée sa maison. Des rafales de pluie crépitent maintenant dans les vitres. Des craquements sinistres arrivent de l'étage. Elle ferme les yeux, pose calmement ses paumes sur ses genoux, et ses pieds bien à plat sur le plancher. Elle ne doit surtout pas paniquer. Le vent siffle plaintivement sous la corniche du toit. Elle entend les cognements sourds de son cœur. Une bourrasque ébranle la maison. Elle a l'impression que celle-ci se déplace. Elle ouvre les yeux. Elle voit par la fenêtre que l'érable est toujours là, la feuillure courbée sous la violence du vent. Elle sent avec une acuité douloureuse que c'est seulement sa vie qui dérive vers un destin nouveau.

PAGES DE JOURNAL

J'habite mon nouveau quartier depuis quelques mois seulement, mais je peux déjà conclure que l'anonymat des grandes villes change même la signification des bruits. La sirène de l'ambulance est moins angoissante. Certes, un malheur vient d'arriver, mais les êtres qu'il concerne me sont inconnus et indifférents. La voisine ne va plus me téléphoner pour m'informer à qui l'ambulance est destinée. L'alarme des pompiers éclate sans que j'aie l'idée de sortir sur la galerie pour essayer de repérer l'incendie.

Mais je ne suis pas là depuis assez longtemps pour ne plus entendre cette rumeur incessante et fatigante que forment les bruits d'une ville. Je m'aperçois ainsi qu'ils s'apaisent aux heures creuses de la nuit. Durant ces accalmies, j'entends le sifflement menu, saccadé, du martinet et le long cillement soyeux de l'engoulevent.

Je ne remets plus ma montre à l'heure exacte grâce à l'angélus carillonné au clocher de l'église. Je peux le faire, cependant, deux fois durant la soirée quand claquent les portières des voitures après les séances du cinéma Outremont. Évidemment, ce n'est pas aussi précis que le carillon de Westminster, mais quelle importance puisque moi-même je vis à contre-courant, en dehors de la précision de mes habitudes. Je ne sais plus très bien quel jour c'est, qui je suis. Ce qui expliquerait peut-être que je sois devenue fausse. Ainsi, pourquoi, après ce concert de musique dite concrète, la semaine dernière, n'ai-je pas avoué m'être ennuyée au lieu de répondre: étrange mais très intéressant.

C'est certain, je ne peux pas encore me permettre de fanfaronner. Je connais les faiblesses de ma culture plutôt rurale. Je sais aussi que je dois profiter de cette ville qui est le carrefour des idées, le port d'entrée des influences étrangères, le château fort des écoles littéraires. Mon ignorance me gêne. L'autre jour, je suis allée au lancement d'un recueil de poésie. Pendant que discrètement je prenais connaissance de l'ouvrage en lisant quelques poèmes au hasard, j'entendais autour de moi: quel courage! quelle ingénieuse recherche formelle! J'écoutais avec stupéfaction: je ne comprenais absolument rien à ce que je lisais.

Je me suis toujours trop passionnée pour les sciences naturelles. Je préfère le détail lyrique d'un événement à l'analyse de son ensemble. Je prends plaisir à observer les bêtes et les hommes. Parmi ces derniers, j'en suis venue avec le temps à repérer facilement les êtres authentiques, les seuls que j'admire. Je dois maintenant privilégier le monde des idées plutôt que celui des émotions. Il me faut aussi apprendre à flairer les modes et à porter des jugements plus catégoriques. Mais avant tout, il faut que je découvre cette ville. Je la connais, certes, mais superficiellement. Je dois commencer par inventorier mon quartier. Déjà je remarque qu'à l'avenue du Parc, une force antagoniste m'empêche de continuer et me trace des frontières. Je fais une deuxième exploration en direction de l'ouest, où j'ai repéré un boisé broussailleux. Les sentiers y sont tracés par l'usage. Aucun paysagiste n'est encore passé par là. Tout en me demandant par quel miracle cet espace vert a échappé aux promoteurs, je m'y précipite. Ce n'est évidemment pas la forêt, mais en fermant les yeux, en me concentrant sur les odeurs et les bruissements immédiats, je parviens à m'en donner l'illusion. Je me suis arrêtée au milieu d'une piste. Le sol est boueux. Je ne peux tout de même pas espérer un tapis de feuilles mortes. Je baisse les paupières pour mieux entendre et sentir. Le gaz carbonique qu'exhalent les voitures de la rue longeant le boisé se mêle à quelques relents d'humus. Deux moucherolles se répondent. C'est ridicule d'espérer trouver le silence comme fond de scène, mais le chant des moucherolles, je l'entends vraiment. Dans la cacophonie urbaine, il prend un relief saisissant. Je l'écoute avec l'avidité d'une passion retrouvée quand soudain je perçois un craquement de branches. Puis, rien. Les moucherolles se sont tues. J'ouvre les yeux. Un homme me fixe, l'œil vitreux, la braguette de son pantalon ouverte. J'ai compris. On ne peut pas habiter la ville et la forêt en même temps. Les boisés sont moins accueillants que les cimetières. Heureusement que les parcs sont beaux. Surtout celui au bout de ma rue. Peut-être à cause des Chinois qui, le matin, pratiquent leur taïwa devant le monument aux morts avec une douce et placide élégance qui transforme les lieux en sanctuaire. Je me recueille aussi en arpentant le parc, avant qu'il ne se transforme en stade quand arrivent les joggeurs qui courent tout autour en fixant du regard un point précis de l'espace. J'entends leur halètement et je vois, sur leurs vêtements, s'agrandir les taches de sueur. J'observe la crispation de leur visage mouillé, tandis qu'une douce sérénité lisse celui des Chinois.

Des jeunes femmes aussi font du jogging. Plusieurs ont des seins lourds qui rebondissent sous leur survêtement. J'ai mal pour elles. Peut-être qu'elles se sentiraient moins féministes, moins libérées avec un soutien-gorge? Je ne sais pas puisque je n'interroge plus la jeune génération.

Je sors beaucoup l'après-midi. J'arpente les rues commerciales, qui sont très fashionables. Ce mois d'octobre est lumineux, sa langueur m'apaise. Plus j'observe, plus mon quartier se particularise. Dans un village, les gens de la classe privilégiée ne sont jamais assez nombreux pour se former en clan séparé. Ici, quand je déambule rue Bernard ou rue Laurier, j'oublie que les ouvriers viennent de rentrer à l'usine, que les habitants font leur labour d'automne. Je ne connais pas encore toutes les composantes de cette mini-société, mais j'y flaire des intellectuels de gauche, ces détenteurs exclusifs de la vérité politique, qui ne te permettent pas le moindre doute ni la plus minime interrogation sans te regarder, effarés: Est-ce que tu ne deviendrais pas réactionnaire? disent-ils avec une superbe qui m'intimide.

Je croise aussi des universitaires; c'est leur coin préféré. J'en connais quelques-uns.

— Comment vas-tu? me demandent-ils distraitement.

Je réponds que je vais bien, car la vie serait insoutenable et les conversations impossibles si tout le monde répondait la vérité. Je vais bien.

Ma réponse a beau être vague et discrète, elle m'oblige quand même à leur poser aussi la question.

— Et toi, ça va?

— Moi? Je travaille comme un fou.

C'est la réponse la plus courante. Quelquefois cette comparaison me semble si pertinente que j'en souris intérieurement.

— Heureusement, dit l'un d'eux, l'an prochain c'est mon année sabbatique.

— Tu en profites pour faire quoi? ai-je demandé naïvement.

— Justement, je viens d'être invité à un colloque à Montpellier.

— C'est sur quoi? Tu as des travaux à présenter?

Mes questions l'agacent, c'est évident. Il n'a prévu encore rien de précis, répond-il distraitement. Pourquoi s'en préoccuperait-il? Ce qui l'intéresse, il l'a: un billet d'avion payé par l'université et des vacances en Europe.

— Profites-en au moins pour te reposer.

Il ne paraît pas s'apercevoir de ma malice. Il sourit en envoyant un pan de son foulard de soie par-dessus son épaule puis s'éloigne nonchalamment. Je le vois s'arrêter pour causer avec une femme élégante. L'accessoire insolite, le détail du maquillage, la longueur de la jupe, la forme de la chaussure, tout y est pour qu'elle puisse se fondre dans cette espèce d'anonymat, identifiable seulement par les gens d'un même milieu.

Je m'amuse, durant ces promenades, à repérer ceux qui essaient de faire partie de la faune sophistiquée de mon quartier. Une fausse touche, un détail vulgaire signalent aussitôt les imposteurs. Les êtres dans les villes, à l'encontre des bêtes, se regroupent selon leurs manières de vivre qui fluctuent selon les modes, esthétiques ou intellectuelles. Comme on ne porte pas ses idées en cocarde, il faut bien se reconnaître par le vêtement. Autrement, on perd toute sécurité.

Il y a des moments dans la vie où il est préférable de ne pas penser à soi et de regarder le monde comme un spectacle.

Je crains, certains jours, que ces promenades ne deviennent monotones. Dans mon village, faire les courses, c'était comme aller en visite chez des amis. Avec mon cordonnier, par exemple, on causait de tout sauf de chaussures. Ici, dans les magasins, les préposés au service ne sont guère liants...

L'autre jour, j'arrive au bureau de poste. C'est un bout de comptoir, entre le tiroir-caisse et l'étalage de papeterie. Je veux poster une lettre. Le magasin est tenu par trois femmes. Dans la cinquantaine avancée. Impeccablement coiffées, elles portent des robes imprimées. Il me semble que ces robes sont toujours de la même couleur, mais que la dimension des fleurs varie. Les trois commerçantes sont corpulentes et leur attitude me rappelle celle des femmes qui portaient des corsets. Leurs membres, leur tête, seraient interchangeables.

Je tends ma lettre. Celle qui est au guichet, assise sur un tabouret, dit d'un ton offensé:

— C'est fermé, j'ouvre à une heure.

Elle pointe du doigt, sans se retourner, l'horloge en forme de disque où les aiguilles marquent une heure moins cinq. De son autre main, elle m'indique le carton accroché au minuscule grillage où il est écrit: *ouverture à 1 hre p.m.*

Nous demeurons, elle et moi, immobiles, de chaque côté du comptoir. Au lieu d'aller fureter dans les étalages, peut-être acheter un magazine ou une bouteille d'encre, je reste devant le guichet, sans bouger, le regard baissé, humblement. Je sens qu'elle s'énerve, qu'elle a envie de m'assassiner. Je l'entends penser: si elle croit que je vais céder! Et puis, d'ailleurs, qui est-elle?

Je compte cinq fois soixante secondes avant de soulever les paupières. Il y a peut-être dans mon regard une lueur moqueuse. Comment vérifier? Les trois femmes se raidissent d'indignation mais différemment. Celle du comptoir de papeterie, qui répond toujours au client: «Un instant, s'il vous plaît, vous ne voyez pas que je suis occupée» alors que rien ne laisse deviner qu'elle le soit, celle-là paraît la plus furieuse.

L'autre, au tiroir-caisse, me semble plus indulgente. Un petit quelque chose d'indéfinissable me signifie qu'elle a une faiblesse dans sa cuirasse. Mais où? Je sais aussitôt: elle allume une cigarette et prend une longue bouffée en fermant à demi les paupières pour mieux savourer son plaisir. Je pense que ces trois sœurs, cousines ou amies ne sont peut-être pas si intolérantes, ni si désagréables, puisque l'une d'elles affiche ostensiblement une passion que les deux autres acceptent.

— Alors cette lettre, vous la postez ou non?

La maîtresse de poste vient d'enlever le carton d'un geste si rageur que j'en suis troublée.

Je tends de nouveau ma lettre, mais plus timidement. Puis j'ouvre mon sac pour en retirer un minuscule paquet que je veux aussi poster.

— Vous voulez assurer ce paquet?

— S'il vous plaît, Madame, dis-je avec politesse.

— Comment voulez-vous que je le fasse? Il faut un papier épais et une bonne ficelle. Moi, Madame, quand j'assure un envoi, j'en prends la responsabilité!

Elle a élevé la voix d'une façon soudaine et imprévue. Les deux personnes qui attendent derrière moi se penchent pour observer l'emballage de mon paquet.

Les deux autres marchandes lèvent la tête, en me fixant férocement entre leurs paupières demi-closes. Si personne n'a le sens des responsabilités, il n'est pas surprenant que le monde aille si mal... L'anathème leur sort des yeux comme des dards.

Je reprends mon colis et recule sur les pieds d'un monsieur distingué qui tient une pile de lettres à la main et déjà s'impatiente. Je sors et me sens soudain désemparée. Je décide de rentrer à la maison.

Je vais tout de suite à la fenêtre, selon mon habitude, pour me calmer. J'observe les gens qui s'arrêtent un moment au parc en face de mon logis. Un jeune chien court après une balle qu'une petite fille blonde comme du lin lui lance. Une jeune femme couverte d'une longue cape rouge passe sur le pont en dos d'âne qui joint les deux rives d'un minuscule étang. Sur un banc tout près de l'eau, une femme tricote. La vie joue ses cartes roses. J'en suis toute réconfortée.

Le samedi surtout, je passe de longs moments à ma fenêtre. La rue s'anime autrement. Les juifs Hassidims déambulent sur la rue Bernard et les artères avoisinantes. On dirait qu'un musée de cire se vide de ses personnages. Les hommes surtout m'impressionnent, avec leur pantalon bouffant, leur gilet de soie, leur longue redingote si noire. L'uniforme des femmes est moins ostensible, mais tout aussi remarquable. Une retenue dans leur mouvement, une discrétion pudique, une attitude intérieure irradient autour d'elles cette image qui les enveloppe comme un vêtement. Elles poussent des landaus et sont suivies d'enfants pâles, sages, disciplinés, qui ont déjà dans leur regard l'assurance et l'indifférence de leurs aînés.

Le fenêtre de ma cusine me permet une vue en

plongée sur quelques cours de la rue voisine. Aujour-
d'hui, j'y demeure longtemps en contemplation. Un
Hassidim, revêtu de son costume soyeux de coupe
moyenâgeuse, coiffé de son chapeau plat à larges
bords orné de fourrure, accomplit avec des gestes
cérémonieux une besogne pourtant toute simple: il
ramasse des feuilles.

Il n'y a qu'un unique et magnifique érable au
milieu de sa cour minuscule. La veille, l'arbre a perdu
son feuillage. Ce matin, alors que je prépare mon
café, je vois qu'il est complètement dégarni et que
tous ceux des alentours conservent encore leurs feuilles. L'arbre de l'Hassidim s'en trouve doublement
dénudé. Et tellement dramatique: un arbre frappé de
mort subite!

La petite cour est entièrement couverte de feuilles rouges, oranges et dorées. Il est saisissant de voir
ce personnage, dans son costume d'apparat noir, sous
cet immense arbre nu, s'agiter dans cet amoncelle-
ment de feuilles colorées. Il y a quelque chose de
joyeux dans les détails de ce tableau qui, en même
temps, est infiniment triste.

LES GRAINS DE FOLIE

Le téléphone sonne. Alice se précipite vers l'appareil comme si cet appel allait changer sa vie.

— Allô! Allô!

Silence au bout du fil. Elle va entendre haleter d'une façon obscène puis raccrocher. L'incident s'est produit déjà à quelques reprises, lui donnant chaque fois l'impression humiliante qu'elle est une proie.

— Emmanuel Tessier à l'appareil.

— Emmanuel! mais quelle surprise!

— Je t'ai reconnue tout de suite.

— Alors pourquoi n'as-tu pas répondu aussitôt? J'ai cru que c'était un maniaque qui se payait du bon temps.

— Je voulais me donner le plaisir de retrouver ta voix. La quatrième fois que tu as dit allô, elle était plus grave qu'autrefois.

Alice aussi avait reconnu la sienne: nasillarde et trop haute.

— Te voilà revenue à Montréal!

141

— Toi aussi, depuis plusieurs années, m'a-t-on dit.

En fait, ils ne sont ni l'un ni l'autre revenus à Montréal, puisqu'ils n'y étaient que passés pour faire leurs études. Ils chambraient alors dans la même rue près de l'université et c'est ainsi qu'ils s'étaient connus.

— Il s'en est passé des années depuis notre première rencontre!

— Presque une vie, Emmanuel, dit Alice en riant.

— La mienne n'est pas terminée. Je suis même en pleine forme, réplique Emmanuel.

— Moi aussi, je suis en pleine forme, reprend Alice. Je ne dis pas que nous sommes finis! Mais, tout de même! Si on compte les années depuis notre première rencontre, le chiffre nous donne des frissons!

Elle sait très bien qu'elle fait une gaffe, car elle a remarqué que dans les milieux intellectuels et mondains qu'elle fréquente maintenant, faire allusion à l'âge équivaut à une gifle. Demander à une amie l'âge de ses enfants est déjà une indiscrétion. Les hommes aussi sont maintenant soucieux de camoufler le leur. Elle décide de faire diversion:

— Tu te souviens du comptoir de la pharmacie où nous mangions, le soir, un sandwich au jambon? Nous pourrions y retourner.

L'exaltation subite d'Alice surprend Emmanuel. Qu'elle ait retenu ce fait mièvre l'agace. En même temps, il est attendri: ce n'est pas par hasard qu'ils se rencontraient, tous les soirs, au comptoir-lunch. Il avait vite remarqué qu'elle y arrivait toujours à la même heure...

— Après ton sandwich, tu mangeais souvent un morceau de gâteau au chocolat avec trois boules de crème glacée dessus. Pas deux, trois!

Alice rit de cette façon excessive qu'elle sait énervante mais ne peut contrôler. Et puis, tant pis! C'est si drôle, ce souvenir des trois boules de crème glacée qui ressuscite!

— C'est étrange les images qu'on retient, tu ne trouves pas?

— Étrange en effet, réplique Emmanuel d'une voix sèche qu'elle ne remarque pas dans sa gaieté.

Emmanuel est frustré, horriblement frustré. À cette époque, il avait déjà tenu une exposition qui avait fait la manchette de l'hebdomadaire de sa ville natale, et passé de brillants examens. Et tout ce qu'elle pouvait lui rappeler était ce spectacle affligeant: lui s'empiffrant de trois boules de crème glacée! Pourquoi n'a-t-elle retenu que des détails saugrenus? Comment peut-il s'émouvoir d'un sandwich au jambon, lui qui a voyagé dans tous les pays d'Europe et fréquenté les plus grands restaurants? L'exposition de jadis était un faux indice: Emmanuel avait acquis une certaine notoriété, mais dans la pratique du droit. Il hésite à faire semblant de se rappeler. Trois boules de crème glacée! Tout de même! Pendant qu'il maugrée intérieurement, passe néanmoins dans son esprit le souvenir d'une jeune femme candide juchée joliment sur le tabouret du comptoir-lunch. C'est cette image qui a suscité son désir de l'appeler après avoir appris qu'elle aussi était divorcée.

— Est-ce qu'il te plairait de venir au théâtre? propose-t-il, radouci. Après on ira souper. Je connais des restaurants très très bien.

Elle ne remarque pas qu'il a élevé la voix et pris un ton tout à fait snob pour souligner la qualité des établissements qu'il fréquente. Elle répond naïvement:

— À moins qu'on mange avant. Je suis terriblement provinciale, tu sais. Si tu arrives à six heures, nous aurons amplement le temps.

Emmanuel est d'accord. Alice croit que la voix est indifférente alors qu'elle n'est que distraite: Emmanuel cherche, parmi les restaurants qu'il connaît, celui où il aurait le moins de chance de croiser ses amis. Quel genre de vie a-t-elle mené pour avoir l'idée de manger à six heures?

Alice, le lendemain, est tout excitée de cette invitation. Comme c'est amusant de revoir, après tant d'années, un homme qui a été amoureux d'elle! Il faut qu'elle essaie de retrouver d'autres amis de jadis, se promet-elle en pensant à ce merveilleux film de Marcel Carné: «Carnet de bal». La vie peut être plaisante. Il suffit de s'en donner la peine! Emmanuel devient son premier personnage... Quand il s'est nommé, la veille, au téléphone, le souvenir qui a traversé l'esprit d'Alice était celui d'un homme court, rondelet, assez quelconque. Comment ne s'est-elle pas souvenue plutôt de son regard perçant et de sa chevelure de jais? Et cette culture surtout, cette culture si vaste, si solide. Quand elle lui posait une question, la réponse était si nuancée, si riche! Elle se rappelle combien elle en était impressionnée.

Plus le jour de la rencontre approche, plus Alice en soigne le décor. Elle déplace le tableau de Bellefleur pour qu'il soit mieux éclairé. Elle change l'ampoule de l'entrée, la lumière est vraiment trop crue. Elle sort de la housse sa robe de soie rose, fait aérer sa cravate de pécan; il ne faut surtout pas qu'elle sente la naphtaline. Et le jour venu, elle glisse au frigo deux vins mousseux de qualité.

À six heures précises, le gong de la porte d'entrée résonne. Elle gonfle d'une main sa chevelure en rectifiant de l'autre le bouton de son col. Elle est transportée. En retrouvant ce témoin de sa vie de jeune fille, elle va de nouveau avoir vingt ans, être émerveillée par la vie et languir amoureusement dans l'attente de ce jeune homme qu'elle adorait à l'époque. Ce merveilleux jeune homme qui lui écrivait de longues lettres, pour qui elle tricotait des foulards interminables en mêlant superstitieusement à la laine quelques-uns de ses cheveux. Alice n'avait pas dit à Emmanuel qu'elle vivait dans l'attente du facteur. As-tu un amoureux? avait-il demandé un soir qu'ils étaient juchés sur leur tabouret du comptoir-lunch. Oui, dans la marine, avait-elle murmuré laconiquement. Emmanuel avait cru à de l'indifférence. C'était la mode, durant la guerre, d'avoir un amoureux dans les Forces armées.

Le gong résonne une deuxième fois. Alice se précipite dans le vestibule, ouvre la seconde porte et se fige, la main sur la poignée en verre taillé. Mon Dieu, est-ce possible! Est-ce qu'elle n'est pas en train de devenir folle? Cette réincarnation du passé... par moments, c'est comme si elle y avait cru! Les pensées se bousculent dans son esprit pendant qu'elle demeure là, immobile, muette de consternation. Heureusement, Emmanuel tend la main. Elle serre un paquet d'os noueux recouvert d'une peau sèche, un peu froide. Il est tout à fait normal que sa main soit ainsi, pense-t-elle pour se ressaisir. Trente ans! Comment a-t-elle pu oublier qu'il s'est passé trente ans depuis leur dernière rencontre? Mais non, elle ne l'a pas oublié. Disons qu'elle a vécu durant quelques jours dans un délire nostalgique. Maintenant, elle regarde ce monsieur frêle, un peu voûté, le crâne garni d'un duvet blanc. Il porte avec distinction un costume raffiné. Et il l'observe avec tout autant de curiosité. Elle remonte spontanément sa main libre sur son cou flétri. Ils continuent de se serrer amicalement la main, mais chaque fraction de seconde devient intolérable. L'un chez l'autre évalue le dégât des années. L'affreux spectacle se dissipe quand ils se sourient: ils viennent de retrouver leur sens des convenances.

— Entre, je t'en prie.

Elle ajoute gauchement:

— Nous avons un peu changé, quoi de plus normal.

— Le contraire serait monstrueux, n'est-ce pas? dit-il avec dignité, en ajoutant aussitôt galamment:

— Tu as toujours ce même regard doux mais moqueur.

Elle cherche quel compliment lui offrir, en échange. Elle ne va tout de même pas lui dire qu'il porte d'admirables chaussures! Mais comme il accroche son manteau, elle tâte le tissu en déclarant trop solennellement:

— Oh! j'adore le cachemire!

Il paraît flatté et passe au salon.

— Assieds-toi. Je cours chercher le mousseux.

Ils vident rapidement la bouteille tout en causant peinture, c'est-à-dire qu'il parle des tableaux pendus au mur du salon et profite de l'occasion pour vanter sa collection personnelle.

— Tu ne peins plus? demande poliment Alice.

— Même pas une «croûte» du dimanche.

— J'avais cru que tu deviendrais peintre. Tu avais du talent, je m'en souviens.

— Mais pas la vocation, sans doute.

— Tu as préféré gagner beaucoup d'argent pour acheter les tableaux des autres?

Il a un sourire affirmatif puis jette un regard oblique vers sa montre.

— Quand tu voudras, je suis prête, dit Alice docilement.

Elle a gardé en elle des vestiges de femme soumise.

— Vaut mieux partir tout de suite puisque nous mangeons avant d'aller au théâtre.

Sous le ton condescendant, elle sent de l'agacement, mais n'offre pas d'ouvrir l'autre bouteille ni de changer l'horaire. Boire du mousseux plutôt que son gin habituel lui paraît une concession suffisante. Les vieilles habitudes sont despotiques: c'est son heure d'avoir faim.

Il l'aide à endosser son manteau de velours, ajusté, peut-être démodé? Il lui fait compliment de son élégance, ce qui la rassure aussitôt. C'est avec délectation qu'elle noue sa cravate de fourrure.

Ils montent dans une rutilante BMW. Emmanuel met des gants de chevreau très fins pour conduire et elle cède facilement à l'excitation que lui cause la perspective de cette soirée.

Au restaurant, le maître d'hôtel les reçoit avec déférence puis leur recommande le plat qui convient, «vu l'heure». Dans l'attitude d'Emmanuel, un léger frémissement signifie qu'il n'y est pour rien. Le maître d'hôtel a un sourire de duplicité.

— Monsieur est toujours aussi connaisseur! dit-il plus tard, obséquieux, en apportant le vin.

— Qu'il est délicieux! affirme Alice avec conviction.

La conversation débute de façon alerte, puis les répliques s'équilibrent de moins en moins et on passe rapidement au monologue. Emmanuel raconte sa vie sentimentale qui se résume, pense Alice, en deux lamentables divorces. Tous les éléments requis y sont. Alice écoute avec plus de curiosité que d'intérêt quand elle s'aperçoit que les yeux d'Emmanuel ont changé. Les prunelles se sont dilatées, l'iris se décolore peu à peu et le regard devient bizarre. Bientôt, tout en la fixant d'une façon étrange, il demande avec précipitation:

— Est-ce que tu te souviens quand nous étions

allés chercher des livres dans cet immense sous-sol où j'avais loué un casier?

— Oui, je m'en souviens parce que nos pas résonnaient. Comme au cinéma. À l'époque, c'était spécial que je t'y aie suivi.

— C'était mal éclairé, tu te rappelles?

— Mon Dieu, oui. C'était presque l'obscurité.

Il s'arrête de manger.

— Seule avec moi dans ce sous-sol où les allées, entre les casiers, étaient aussi longues que des ruelles, dis-moi, est-ce que tu as eu peur?

— Peur de quoi?

— Peur de moi.

— Pourquoi j'aurais eu peur de toi?

— Pourtant il m'avait bien semblé que ce soir-là...

— On dirait que tu regrettes de ne pas m'avoir effrayée.

Il y a dans le regard d'Emmanuel une lueur intense et ambiguë qui la trouble.

— J'espère que tu ne commets plus ce genre d'imprudence, ajoute-t-il. On ne prévoit que les dangers ordinaires. Les pires sont ceux dont on ne se méfie pas!

— Sans doute, dit-elle, déroutée devant ce personnage qu'elle ne reconnaît plus.

A-t-il bu avant de venir la chercher? Prend-il des calmants? Ou peut-être aperçoit-elle accidentellement l'être secret que chacun porte en soi, celui qui, furtivement, peut devenir fou et envahir progressivement notre être tout entier. Ainsi, elle, d'où lui est venue cette fièvre des jours précédents? Ce délire qui s'est emparée d'elle? Est-ce qu'on s'en aperçoit quand on perd la raison?

Alice devient de nouveau tout attentive. Le comportement singulier d'Emmanuel a cessé. Il cause maintenant de cinéma, politique et voyages avec une aisance superficielle et mondaine. Le repas terminé, il vide d'un trait deux Poire William et ils arrivent au théâtre juste à temps pour le lever du rideau. Il se cale dans son fauteuil, s'informe si celui d'Alice est confortable, marmonne qu'il adore le théâtre expérimental bien que ce soit une pièce de boulevard, puis il se tait.

La pièce est commencée depuis une dizaine de minutes quand Alice entend un léger gargouillis suivi d'un brusque ronflement. Les voisins de fauteuil se retournent, l'air furieux. Ils ont payé assez cher pour assister à cette représentation, qu'elle fasse quelque chose, bon Dieu! Voilà ce que les regards disent. Alice froisse légèrement son programme, joue discrètement du coude et du genou. Emmanuel continue de somnoler mais ne ronfle plus.

La pièce terminée, quand la foule se lève, Alice se sent cernée de regards: ah! c'est lui l'énergumène qui a failli leur faire rater leur soirée. Par prudence, elle lui donne le bras. C'est ainsi qu'ils partent: un tenace vieux couple mal assorti ou un nouveau couple issu d'un club de l'âge d'or!

Quand ils arrivent sur le trottoir, la pluie commence de tomber à torrents. Alice en sent le grain dur sur son cuir chevelu. Lui, il sort de la poche de son manteau une immense et invraisemblable casquette de gabardine dont la visière dégoutte bientôt comme un toit. Ils accélèrent le pas. Heureusement que la voiture n'est pas loin, calcule Alice en remontant le col de son manteau. Ils longent un talus quand elle a subitement la folle impression d'y voir ses amis les plus intimes qui se tordent de rire. Elle-même est au milieu d'eux à se regarder passer. Ses pécans sont devenus de vieux chats mouillés. Ses cheveux trempés lui collent au crâne et une goutte d'eau lui pend au bout du nez. Elle tient par le bras un vieux monsieur, à l'abri sous sa casquette, qui n'évite aucune flaque d'eau. Par désinvolture sans doute. Sacrifier une paire de chaussures n'est rien.

— Pourquoi ris-tu de cette façon? demande-t-il brusquement.

— Moi? mais je ne ris pas.

— Mais si, aux éclats.

— Pourquoi pas? reprend Alice qui ne peut se retenir.

— Je ne vois vraiment pas ce qui peut être si drôle!

Emmanuel est furieux et humilié. Heureusement, ils sont arrivés à la voiture.

— Tu viens chez moi, dit Emmanuel, autoritaire.

— Nous pourrions attendre une prochaine occasion. Je suis trempée!

— Raison de plus. Je te ferai un grog. J'habite ici tout à côté. Tu ne peux vraiment pas refuser.

Elle ne sait comment s'esquiver. Il range sa voiture dans l'allée pavée qui longe une demeure imposante en brique romaine, où ils entrent en courant.

Après qu'elle a asséché ses cheveux, il lui fait faire le tour du propriétaire. Elle admire hypocritement. Elle n'aime pas les intérieurs où la griffe du décorateur est trop apparente.

Ils sont bientôt au salon. Alice se laisse tomber dans un fauteuil nouveau «design»: coussins de duvet, armature d'acier fin. Qui doit coûter une fortune, pense-t-elle. Lui, il prend place sur une chaise droite de style ancien. Ses jambes, ses cuisses, son torse, tout est à angle droit. Sur une table, devant lui, il y a un appareil qu'elle a cru être un poste de télévision.

Il s'avance un peu au bord de son siège et actionne un clavier. Le petit écran s'éclaire. Le visage d'Emmanuel aussi. Alice y remarque les signes d'une excitation fébrile.

— Viens, dit-il, viens voir.

Alice va se placer derrière lui.

— Suis bien toutes les opérations, regarde attentivement, répète-t-il d'une voix agitée.

Il presse sur une touche, puis une autre:

— Regarde. Voilà la porte d'entrée du salon. Maintenant, celle du côté qui donne sur le jardin. La porte de la cuisine... du bureau... du sous-sol. Je contrôle toutes les issues. Grâce à ce mécanisme! N'est-ce pas merveilleux? Je peux, d'ici, demander qui est là, là, là.

Il remonte toutes les portes. Elle fait un effort pour demander d'une façon enjouée:

— Alors chaque fois qu'on sonne à l'une ou à l'autre, tu montes à ta centrale?

— Oui, pourquoi pas? On ne sait jamais aujourd'hui à quel danger on est exposé.

Il se tourne vers elle, la regarde fixement avant d'ajouter de cette voix bizarre qu'il a eue en lui rappelant la visite au sous-sol jadis:

— Je contrôle les entrées. Et les sorties aussi. Moi seul. Personne ne peut sortir sans ma volonté.

Il ricane drôlement.

Alice sent le creux de ses aisselles devenir moite. L'incident qu'il lui a rappelé au restaurant se relie subitement à la situation présente. Elle est près d'avouer sur-le-champ que maintenant elle a peur, terriblement peur, si c'est ce qui peut lui faire plaisir. Puis elle se ravise. À quels fantasmes ou besoins secrets Emmanuel obéit-il?

— Que c'est ingénieux! minaude-t-elle.

Il ne répond pas et la fixe toujours de ce regard qu'elle juge maintenant dément. Elle dit, pour couper l'effrayant silence, sans trop réfléchir:

— En quelles circonstances le contrôle des sorties peut-il te servir?

— En voilà une, dit-il en pianotant le clavier. Je viens de te piéger! Je viens de te piéger!

Il s'amuse comme un chat avec une souris blessée, en la regardant avec une acidité si malsaine qu'elle se retient de justesse de crier. Mais elle halète. Elle recule de quelques pas pour qu'il ne s'en aperçoive pas.

— La plupart des femmes ont peur, tu sais, de savoir les portes verrouillées de l'intérieur.

Alice sent monter la colère. Elle en frémit.

— Moi, je n'ai pas peur, Emmanuel Tessier.

Elle s'avance bravement:

— Ouvre la porte avant. Je veux m'en aller.

Il se lève avec une telle brusquerie qu'elle perd tout contrôle d'elle-même. Elle met plusieurs secondes avant de constater qu'elle court, éperdument, dans le corridor, en direction du vestibule. En même temps, elle entend qu'il s'est précipité derrière elle.

Ils arrivent presque en même temps à la porte d'entrée. Elle s'y appuie, la tête dans son coude replié, l'esprit concentré uniquement, durant quelques secondes, sur le fait qu'elle va défaillir. Il n'en est rien. Au contraire, elle devient très consciente de la situation et l'évalue rapidement. Elle remarque aussitôt qu'elle n'entend plus aucun bruit autour d'elle, ni même une respiration. Un silence complet, sinistre, l'entoure. Elle fait volte-face.

Emmanuel est là, devant elle, parfaitement immobile, mais le regard brillant et le visage figé dans un sourire atroce.

— Qu'est-ce que tu as, Alice? Qu'est-ce qui s'est passé? demande-t-il. Je m'étais tout simplement levé pour te servir un cognac. Et je t'ai fait peur.

Il sourit suavement, l'air déjà comblé. Alice dit d'une voix qu'elle veut indifférente qu'elle a été prise de nausée.

— Est-ce que tu te sens mieux maintenant?

— Pas complètement, il faut que je prenne l'air. Tout de suite, s'il te plaît. Va chercher mon manteau, ma cravate, et actionne ton clavier pour qu'on puisse ouvrir la porte, veux-tu?

— Mais bien sûr. Je cours satisfaire le désir de Madame.

Il a retrouvé ses manières de parfait gentilhomme. Il revient rapidement et l'aide à endosser son manteau. Elle baisse les yeux afin de le boutonner correctement. Quand elle les relève, Emmanuel, entre ses deux mains écartées, tient, sa cravate de fourrure. Il fait un geste sec et rapide comme s'il voulait en vérifier la solidité puis s'avance d'un pas. Elle glisse mollement le long de la porte. Elle s'est évanouie.

LA CASSETTE

Ce matin-là, brusquement, je sentis la présence de la mort: un personnage invisible qui attendait. Pourtant, en arrivant au chevet de mon grand-père, rien de particulier ne justifiait cette appréhension. Le boudoir, aménagé en chambre au rez-de-chaussée pour plus de commodité, était agréable, et l'ambiance de la pièce, d'une douceur presque palpable. Dans un vase en opaline, sur la commode, deux pivoines, le pistil nu, terminaient leur épanouissement, sans avoir perdu un seul pétale. Le malade était adossé à des oreillers dont les taies étaient de toile blanche festonnée de rose. Son attitude m'impressionnait. Je lui étais reconnaissante de conserver, même alité, sa noblesse. Il était capricieux, raffiné, d'un charme attendrissant. Bien qu'autoritaire et égocentrique, il était, pour moi, attentif et affectueux.

Nous nous étions habitués à cette maladie sereine qui évoluait sournoisement, sans dommage apparent. À moins que notre tendresse ne nous ait aveuglées, grand-mère et moi.

Elle venait toujours me reconduire jusqu'au trottoir. En longeant la plate-bande, elle s'arrêtait pour relever la tête d'une fleur. Un jour, en se penchant pour recouvrir une racine, elle parla de commander une chaise longue. «Il faut prévoir sa première sortie.» Plus tard, isolant une rose au creux de sa main, elle ferma les paupières pour mieux en savourer le parfum. Comment se serait-elle comportée ainsi si elle s'était inquiétée des conséquences de cette maladie?

J'adorais mes grands-parents. Je les voyais souvent. J'aimais les regarder vivre. Je m'amusais des manies qui régissaient leur routine quotidienne, de leur entêtement réciproque. Je les surprenais, quelquefois, au plus chaud d'une discussion. Ma grand-mère contestait les affirmations de mon grand-père avec vivacité. Je savais très bien qu'ils connaissaient leurs arguments mutuels et s'offraient à tour de rôle, dans l'intimité, le succès du débat. D'ailleurs, ils ne s'affrontaient vraiment que sur des sujets politiques, respectant ainsi leur héritage familial. La même discussion, avec des voisins ou des amis, rendait ma grand-mère silencieuse. Elle ne reniait pas ses idées personnelles, mais elle les taisait parce qu'il était de mauvais goût qu'une femme conteste, devant témoins, l'autorité du mari, surtout en politique.

Près de grand-mère, j'ai constaté que la fidélité conjugale n'est pas qu'une somme de frustrations. Quand grand-père s'absentait dans l'intérêt de son commerce, l'attente de grand-mère devenait un intense ennui; même entremêlée d'inquiétudes, cette attente me paraissait délectable. Quand grand-père revenait, elle ne s'épanouissait pas sur-le-champ. Elle écoutait attentivement le récit de son voyage. Quand il devenait évident qu'il avait échappé aux dangers de la ville, elle se détendait de nouveau, surtout si grand-père avait assisté à une opérette ou à un opéra. Elle écoutait avec plaisir les multiples détails de la soirée. Tout ce qu'il racontait avait été remarquable. Sans doute oubliait-il ce qui ne l'était pas; il adorait la musique.

Comme toutes les passions, la sienne s'accompagnait d'un rituel. Ainsi, le moment fort des fins de semaine était la diffusion radiophonique des opéras du Metropolitan de New York. Sa vie s'organisait autour de cet événement.

Je le revois, allongé sur le divan en cuir noir du fumoir. Il écoutait religieusement, les yeux fermés. Je l'ai aperçu plus d'une fois commencer le geste d'applaudir, participant, dans son enthousiasme, aux ovations de l'invisible mais si présent auditoire. Il profitait des entractes pour aller se verser à boire et nous avertir, grand-mère et moi, qu'il ne pardonnerait aucun éclat de voix.

Ce matin-là, la paix qui emplissait le boudoir-chambre me parut suspecte. Appuyée au pied du lit, j'eus la prémonition que grand-père allait mourir.

Je lui parlai doucement. Il souleva les paupières. Non, il ne souffrait pas. Je découvrais soudainement la forme des os de la mâchoire, l'arête du nez, la cavité des tempes. Je contrôlai de justesse la panique qui montait en moi et vins m'asseoir près de lui. Je vis dans son regard une sorte d'affolement, ce qui me signifia qu'il était, lui aussi, conscient de sa fin prochaine. J'oubliai aussitôt mon chagrin et ma frayeur et me concentrai sur un unique dessein: comment lutter contre l'angoisse qu'il devait ressentir, comment adoucir, si possible, cette ultime journée? Je ne pensai pas à convoquer grand-mère, la famille ou un prêtre, tant j'étais obnubilée par l'idée qui venait de traverser mon esprit. Je me penchai vers son oreille:

— Te plairait-il, grand-père, d'entendre ton opéra favori?

Son regard s'éclaira aussitôt. J'allai chercher la bande magnétique de l'*Aïda* de Verdi, qu'il aimait particulièrement. L'appareil était désuet, son fonctionnement compliqué, mais je pensai que rien ne pouvait mieux le satisfaire que cet enregistrement qu'il avait fait lui-même et qu'il connaissait par cœur à une nuance près. Certaines intonations du solo «Ritorno vincitor» du premier acte le ravissaient particulièrement. J'étais émue de penser qu'il allait peut-être profiter de ce passage qui lui exaltait l'âme, comme il disait, pour permettre à cette dernière de s'envoler doucement vers le paradis auquel il croyait. Je lui installai les écouteurs. Je vis dans l'expression de son visage que l'intensité du son était satisfaisante. Il avait baissé les paupières pour mieux se recueillir. Il souriait.

Je partis bientôt me libérer des tâches les plus urgentes afin d'être disponible. Comme grand-mère me reconduisait, je lui recommandai de surveiller l'appareil qui se détraquait si souvent. Elle me répondit, malicieuse:

— Je suis âgée, mais pas sénile, tu sais! C'est toujours moi qui recolle la bande quand elle se rompt.

Je m'en allai, partagée entre un chagrin immense et la joie de penser que grâce à moi, mon grand-père ne connaîtrait peut-être pas les affres de l'agonie.

J'étais revenue chez moi depuis une heure à peine quand le téléphone sonna. Mes prévisions étaient justes: il venait de mourir.

J'accourus aussitôt. Le premier geste de grand-mère fut de pointer l'index en direction de la chambre.

— Enlève-lui les écouteurs et fais disparaître cet appareil de malheur qui n'en finissait plus de rompre le ruban et moi, je n'en finissais plus de le recoller.

Puis elle ajouta du même ton excédé:

— Fais vite, nous aurons tant à faire pour que tout se passe comme il a prévu.

— Prévu?

— Oui, oui, répondit-elle avec une autorité que je ne lui connaissais pas. Ainsi, on est certain de n'oublier personne et de respecter les convenances.

Moi qui craignais qu'elle ne succombe de douleur, je camouflai mon chagrin.

— Ouvre le secrétaire. Dans le tiroir de droite, tu trouveras un calepin. Tu n'auras qu'à suivre les instructions.

Son stoïscisme et sa détermination m'impressionnaient. C'est à peine si j'étouffai un sanglot en enlevant les écouteurs.

— Fais vite, répéta-t-elle. Tu feras les téléphones en suivant l'ordre indiqué.

— Oui, oui, grand-mère, ne t'inquiète surtout pas.

Elle était déjà au pied de l'escalier.

— Je monte m'habiller et choisir le costume qu'il portera.

Je m'affairai au rez-de-chaussée sans m'inquiéter d'elle. Quand le fourgon funéraire arriva, je montai la prévenir. Elle pleurait silencieusement. Quelques costumes et des cravates étaient étalés sur leur lit.

— Décide, veux-tu? me dit-elle en cachant son visage entre ses mains. Je n'y arrive pas.

Je pris le costume foncé, la cravate la plus sobre et descendis porter les vêtements à l'employé des pompes funèbres. Quand je remontai, elle s'était déjà ressaisie. Elle tint son rôle d'une façon impeccable. Les convenances respectées donnèrent l'effet prévu: aucun chagrin ne se manifesta. Le repas après les funérailles créa même subitement, dans la maison, une atmosphère du jour de l'An.

Le dernier invité parti, grand-mère est montée dans sa chambre.

Moi, quand je suis revenue à mon appartement, j'ai rangé précieusement l'enregistrement d'*Aïda* qui avait maintenant pour moi un caractère sacré.

Pendant plusieurs semaines, je me suis interdit de penser à cette mort qui m'amputait d'un amour si précieux. Et puis, aujourd'hui, je me suis ravisée. Si cette musique avait accompagné les dernières pensées de grand-père, peut-être m'aiderait-elle à apprivoiser mon chagrin?

J'ai mis délicatement les bobines en place et déclenché le mouvement. J'ai entendu d'abord une note insolite, puis une suite ininterrompue de bruits discordants et de voix déformées. Puis, j'ai crié de désespoir en courant arrêter l'appareil. Grand-mère avait recollé le ruban en sens inverse et grand-père était mort dans une épouvantable cacophonie.

J'écris cette atroce aventure pour ne pas être la seule à en supporter le souvenir. Pour partager aussi ma fureur. Comment un geste aussi gratuit peut-il dégénérer en une telle cruauté? Qui s'amuse ainsi à nos dépens?

UN SINGULIER AMOUR

Isabelle ouvrit la porte d'entrée et s'écria:

— Louise, j'ai une nouvelle pour toi!

J'accourus avec appréhension, mais le regard joyeux de me nièce ma rassura.

— Alors, dis vite, c'est quoi?

Elle attendit quelques secondes pour ménager son effet.

— J'ai retrouvé maman Éva!

— Maman Éva?

— Maman Éva.

D'abord incrédule, puis interdite, je me sentis envahie d'une joie délicieuse.

— Et moi qui la croyais morte! Maman Éva! Est-ce possible?

Trente ans avaient passé depuis que nous nous étions serrées dans les bras l'une de l'autre. Et vingt ans depuis que je m'étais résignée à abandonner mes tentatives de la revoir.

Je peux compter sur les doigts de ma main les êtres dont j'ai été éprise de cette façon. Je gardais d'elle un souvenir bien vivace. Un mois auparavant, j'avais raconté à Isabelle combien j'avais aimé cette deuxième femme de mon père, d'un amour prodigieux.

J'avais vingt ans. Je demeurais seule avec mon père, tenant pour lui, sans succès et sans ambition, le rôle de maîtresse de maison. J'avais abandonné mes études et mes projets d'avenir pour occuper ce poste qui revenait fatalement aux jeunes filles, autrefois. Plusieurs s'y maintenaient, héroïquement, leur vie durant, dans un austère célibat. Le mien durait depuis trois ans à peine quand j'entrevis, grâce au mariage, une évasion possible. J'annonçai à mon père que j'allais me marier sitôt la guerre terminée. Comme j'étais son unique fille, il ne pouvait en mobiliser une seconde. Entre la mort de ma mère et mon arrivée chez lui, il s'était accommodé difficilement d'une succession de ménagères. Comme en plus il supportait la solitude plus mal encore que l'alcool, il riposta à ma déclaration en me disant qu'il allait en faire autant. Sur-le-champ.

C'est ainsi qu'arriva cette élégante quinquagénaire que j'aimai aussitôt. Les sentiments que j'éprouvai étaient peut-être figés en moi depuis le décès de ma mère, survenu alors que j'avais huit ans. À moins que ce ne fût autre chose, que je ne pouvais définir. Mais cette affection si instantanée me prenait par surprise. Maman Éva (je l'avais spontanément appelée ainsi), en me libérant de mes obligations domestiques, me redonnait mon statut de jeune fille oisive. Je pus donc me consacrer presque entièrement à cette ferveur affectueuse que j'éprouvais et qui me semblait partagée.

Éva était arrivée à la maison avec quelques malles et un fauteuil Voltaire fleuri, accompagné d'un petit tabouret. Quand elle n'avait pas de repas à préparer ou de travaux ménagers à surveiller, elle montait dans sa chambre se blottir dans le fauteuil comme s'il était sa maison à l'intérieur de la nôtre. Sitôt que l'arrêt des bruits familiers m'indiquait qu'elle avait réintégré sa retraite, je montais l'y rejoindre. Elle m'accueillait avec une amabilité chaleureuse. Je m'installais sur le petit tabouret et nous causions «de la vie», comme je disais avec l'enthousiasme de mon âge. Je me rappelai beaucoup plus tard qu'elle ne faisait jamais allusion à celle qu'elle partageait avec mon père. J'y découvre rétrospectivement une sorte de désenchantement. «J'ai un devoir à remplir mais je n'oublie pas que j'ai aussi des droits», avait-elle dit un jour, avec une détermination qui aurait dû m'alerter. De même que cette gentillesse accentuée qu'elle me manifestait lorsque mon père avait bu. Mais à l'époque, je ne comprenais pas.

En général, il n'y avait aucune amertume dans ses propos. Je lui parlais de cet amoureux que je ne voyais pas parce qu'il était à la guerre. Elle me racontait des faits de son passé. Son premier mariage avait été une histoire brève, sans éclat, mais sereine. Elle avait épousé un comptable rangé, qui avait un tic nerveux et deux passions: l'opéra et les bons repas. Leurs loisirs suffisaient à peine à les satisfaire. Comme Éva dirigeait une maison de couture, sa vie avait été bien remplie. La mort prématurée de ce mari avait diminué son regret de n'avoir pas eu d'enfants puisqu'il ne lui avait laissé que des dettes.

Nous causions aussi des personnes que nous connaissions. Je me scandalisai, un jour, que monsieur Larouche trompât sa femme. «Madame Larouche est malade, répondit-elle calmement, il est préférable qu'il la trompe plutôt que de la fatiguer, vous ne trouvez pas?» C'est ainsi que je pénétrai dans le monde équivoque des adultes. Elle tempérait mes excès verbaux qui traduisaient une vision trop romanesque de l'existence, disait-elle. Elle n'avait pas le sens de l'humour, ce moyen exquis et libérateur qui nous évite de dramatiser les réalités de la vie. Je lui pardonnais l'absence de cette vertu en me disant qu'elle pouvait, elle, s'en passer. Imperturbable en toutes circonstances, elle portait des jugements qui toujours me semblaient justes et me rassuraient. Je l'admirais: c'est si rare, un être équilibré qui n'est pas ennuyeux. Je lui en trouve beaucoup plus de mérite maintenant que je sais qu'avec nous elle n'était pas heureuse.

J'avais vécu d'une façon solitaire surtout durant les absences de mon père. Au lieu d'en être triste, je m'en vantais comme d'un acte d'héroïsme. Mais la présence d'Éva combla un vide dont je ne m'étais pas rendu compte. C'est sans doute pour cette raison que je n'ai jamais pensé qu'elle devait mourir d'ennui. Quand mon père annonçait un voyage d'affaires à Montréal, dont nous faisions inévitablement partie,

elle et moi, était-il normal que son enthousiasme éga-
lât le mien?

J'aurais dû remarquer comment elle s'épanouissait en mettant le pied sur le trottoir de la rue
Sainte-Catherine. «Ah! la senteur de la ville»,
s'exclamait-elle, en respirant profondément. Cette
attitude me paraissait étrange, mais sympathique. Je
connaissais peu de vrais citadins, c'est-à-dire nés de
père, de grand-père ou de grand-mère qui l'avaient
été avant eux. Éva était une urbaine authentique! Je
le constatais au rythme de ses pas, à l'assurance de ses
gestes, à l'apaisement de son être tout entier quand
nous étions en ville. C'est avec elle que j'ai réussi à
vaincre ma phobie des grands magasins. Grâce à elle,
j'ai découvert le théâtre de l'Arcade, les audaces
musicales de *Pelléas et Mélisande*. J'ai vu Stravinski
diriger lui-même quelques-unes de ses œuvres. Ce
petit homme agile et anguleux tirait de l'orchestre des
dissonnances qui me faisaient sursauter. Éva, elle,
semblait comblée. Les paupières à demi fermées, le
menton pointé, elle posait doucement sa main sur
mon avant-bras pour me communiquer son admira-
tion, afin que je me laisse emporter par cet *Oiseau de feu*
que le musicien avait créé pour nous.

Elle aimait, de la campagne, les produits utilitai-
res: les tisanes de fleurs sauvages, la salade de pissen-
lits, ce qui, à l'époque, était incongru. Assise à la coif-
feuse qui avait été aussi celle de ma mère, je la
revoyais, les reins cambrés, se regarder attentivement
dans le miroir. Elle passait sur son visage le côté pul-

peux d'un demi-citron. Sa grand-mère française lui avait enseigné à prélever dans la nature des instruments de beauté. Sa peau était douce et fine...

Immobile au milieu du hall d'entrée, il me sembla en retrouver la fraîcheur au bout de mes doigts. Cette sensation me ramena doucement à la réalité. Je constatai, étonnée et émue, qu'à la seule évocation de son nom, je l'avais vue apparaître de multiples façons dans un tourbillon de souvenirs. Le dernier l'avait figée sur la photo de mon mariage. L'ensorcellement était rompu.

J'interpellai Isabelle que j'avais priée de rester et qui achevait de ranger son manteau et son béret:

— Tu es certaine que c'est bien elle?

— Bien sûr. Ma nouvelle collègue est sa nièce. Comme elle a gardé le nom de ton père, ce n'est pas malin de jouer les détectives.

— Le nom de mon père qui est aussi le tien...

— Voilà comment a été piquée la curiosité de ma copine!

— C'est tout de même curieux qu'elle ait conservé ce nom, tu ne trouves pas?

— Pourquoi l'aurait-elle changé puisqu'elle ne s'est pas remariée? remarqua Isabelle.

— Elle aurait pu reprendre le nom de son premier mari! Elle a si peu vécu avec mon père. À peine trois ans... tu te rends compte!

En effet, son aventure conjugale avait eu la durée des liaisons d'aujourd'hui, avec cette différence que pour y mettre fin, elle avait dû braver le conformisme et les conventions de l'époque.

Elle était repartie pour la ville aussi discrètement qu'elle en était venue, rapportant ses deux malles, son fauteuil fleuri, ne laissant d'elle qu'une odeur de lavande dans le tiroir d'une commode.

Mon père l'avait connue au temps de ses études à Montréal. Ils s'étaient aimés. Pas suffisamment toutefois, puisqu'ils s'étaient mariés une première fois chacun de leur côté. Vingt ans plus tard, alors qu'ils vivaient tout deux un long et monotone veuvage, ils s'étaient de nouveau rencontrés, et leur vitalité les avait surpris agréablement. Suffisamment, en tout cas, pour qu'ils échangent des promesses. En y ajoutant les vieux souvenirs, la perspective de leur solitude encore plus grande et des possibilités de déficience physique, les conditions requises pour un remariage devinrent suffisantes. Il n'y manquait que l'essentiel.

Ma belle-mère disparue, mon père se retrouva seul puisque j'étais mariée. Il mourut d'une façon qui, avec les années, me parut suspecte. Sa mort me privait d'un amour paternel qui m'émerveille davantage avec le recul des années. L'âge, en nous libérant de nos passions égocentriques, nous rend disponibles, plus aptes à redécouvrir les êtres qu'on a aimés.

La disparition de maman Éva me causa aussi beaucoup de chagrin mais j'étais, en ce temps-là, en mal d'ambition et d'amour, vivant avec cette impétuosité qui ressemble à de la rage.

J'avais fait un mariage qui m'exaltait au point d'inclure dans mon attachement tout ce qui concernait mon bien-aimé: son pays, son métier, ses activités, même ses défauts.

Je me consolai en songeant à cette deuxième mère qui, après un intermède de douze ans, avait été la prolongation de la première et qui vivait.

Après le départ d'Éva, je lui avais adressé des lettres de tendresse accompagnées de cadeaux. En retour, j'avais reçu quelques mots affectueux mais si réticents qu'ils m'avaient peu à peu enlevé l'espoir de recréer entre nous les liens d'autrefois.

La naissance de mon premier bébé fit resurgir en moi le besoin de la revoir; ma maternité me fournissait un motif nouveau qui avait, me sembla-t-il, l'avantage de paraître plus désintéressé. Je l'invitai donc à venir voir l'enfant. Elle refusa brièvement en utilisant une carte de circonstance. Elle m'annonçait du même coup qu'elle déménageait, mais sans me donner sa nouvelle adresse.

J'abandonnai ma poursuite une seconde fois. Mes souvenirs d'elle étaient devenus, pensai-je, une couche sédimentaire de mon subconscient. J'en retrouvais, dans mes rêves nocturnes, des reflets lumineux et, durant le jour, des échappées qui vibraient un moment. Mais je n'en parlais plus. Mon entêtement à la retrouver était devenu dérisoire. Puis se présenta une autre occasion qui me sembla une indication du destin. Et la fièvre me reprit.

J'avais rencontré à un congrès une amie de jeunesse, une rurale comme moi, c'est-à-dire une personne qui s'intéresse à l'essaimage des familles et à leur lieu d'origine. Comme le patronyme en est le signalement, nous en étions vite arrivées à parler de cette femme qui portait mon nom de jeune fille. J'appris ainsi qu'Éva logeait chez sa sœur, madame Robichaud, que je connaissais. Sa maison était sur notre chemin de retour et j'y étais déjà allée. Je décidai d'y retourner.

Je montai lentement l'escalier pour me donner le temps de me calmer, ce qui eut exactement l'effet contraire. Je sonnai une première fois si nerveusement que je doutai aussitôt de l'avoir fait. Je pressai de nouveau le bouton avec une insistance que je savais effrontée. Rien. Ma bonne éducation me retint d'enfoncer la porte. Heureusement, car elle s'ouvrit bientôt et la sœur de maman Éva parut.

— Vous me reconnaissez?

Elle hocha la tête affirmativement puis, l'air gêné, m'invita à entrer.

— Maman Éva est là?

Elle répondit d'un ton précipité:

— Comme c'est dommage! Elle est partie pour la fin de semaine.

Figée, silencieuse, j'entendis vaguement qu'elle parlait d'horaire de chemin de fer. Près de la fenêtre, je reconnaissais le fauteuil Voltaire. Le tabouret était là aussi, placé non pas en avant, d'une façon fonctionnelle, mais tout à côté de l'accoudoir. J'y étais assise. Comme autrefois. Je nous revis avec une précision étonnante. Maman Éva me racontait la rupture de ses premières fiançailles. Son fiancé avait une maîtresse et avait omis de lui en faire l'aveu. «On ne commence pas sa vie dans le mensonge», avait-elle dit en laissant dehors, dans l'herbe du parterre, sa bague de fiançailles. La porte claquée, derrière le rideau, elle s'était repue du mépris qu'elle éprouvait en regardant le jeune homme chercher à quatre pattes, dans la nuit, l'anneau perdu.

J'avais admiré la fierté du geste, la démonstration théâtrale d'un tel besoin de vérité. Si, dans le salon de madame Robichaud, je me rappelais cet événement, c'était que j'avais soudainement l'impression qu'on me mentait. Les coussins du fauteuil gardaient encore la forme du corps d'Éva. Je humais et reconnaissais l'odeur de ses cigarettes.

Madame Robichaud toussa pour briser ma rêverie.

— Je regrette, mais je n'y peux rien...

Après quelques secondes de silence, elle ajouta en baissant les paupières:

— Puisqu'elle n'est pas là...

Mais je sus que oui, elle était là, tapie contre le mur de la pièce d'à côté. Je n'étais pas humiliée, mais confondue comme on peut l'être devant la mort, les cataclysmes ou autres tragédies de la vie.

— Vous lui direz que je suis venue et que j'attends toujours de ses nouvelles.

Je répétai ma phrase en détachant chaque mot pour compenser l'inertie de ma voix. Elle répondit avec une précipitation où perçait l'impatience. Ma présence l'excédait. Je sortis rapidement et revins à la voiture.

— Est-ce que tu comprends enfin qu'elle ne veut pas te revoir? dit mon compagnon alors que nous filions à toute vitesse pour reprendre le temps perdu.

— Mais pourquoi? Il doit bien y avoir une raison. Je ne la comprends pas.

— Elle lui suffit à elle, en tout cas!

Il partagea la déception et le chagrin qui me ren-
dirent maussade tout le long du voyage. Mais le reste
de ma vie, heureusement, poursuivit, presque à mon
insu, son inexorable mouvement de sablier. À chaque
année, on le retourne. Et le temps file avec une rapidité qui nous laisse dans une étrange stupéfaction.
Est-ce possible qu'on ait atteint si vite cet âge? On
s'aperçoit qu'on a développé des aptitudes nouvelles,
qu'on est devenu l'archiviste de ses souvenirs, le pré-
posé à l'entretien de son cœur qui a pris des allures de
charnier. J'y avais rangé Éva puisque je la croyais
morte. Et voilà qu'on me la ressuscitait et, en même
temps qu'elle, cette adolescente que j'avais été.

Quand Isabelle avait crié: «J'ai retrouvé maman
Éva», toutes mes expériences de femme et de mère
s'étaient résorbées, trente ans de ma vie avaient fait
marée basse, laissant devant mes yeux éblouis cette
révélation: maman Éva vivait encore et habitait la
même ville que moi! J'en étais de nouveau subjuguée.

J'appris qu'elle avait quatre-vingt-cinq ans,
logeait dans un foyer pour personnes âgées, et se
remettait d'une grave pneumonie, ce qui ajouta à
mon émotion l'envie de croire à la prédestination: si
elle n'était pas morte, c'est qu'on devait se revoir.

— Quel nom porte-t-elle?

Isabelle me répéta qu'elle avait gardé celui de
mon père.

— C'est vrai, tu me l'as déjà dit. Ce que je voulais demander, c'est l'endroit où elle vit. T'en es-tu informée?

En m'entendant poser cette question, je constatai que j'irais la visiter.

Il me restait à choisir mon mode d'approche. Est-ce que je l'appellerais? Ou lui ferais-je annoncer ma venue? Je trouvai plus prudent d'arriver à l'improviste, puisque je ne lui connaissais aucune raison nouvelle de me recevoir. Il suffisait que je signale ma présence. Je lui fis donc transmettre mes amitiés. Elle me retourna les siennes. Qu'elles ne soient accompagnées d'aucune invitation n'attira pas mon attention, qui était braquée sur l'unique certitude: j'allais la revoir et savoir enfin pourquoi elle n'avait pas continué une relation qui m'était si précieuse.

J'étais impatiente de le savoir, mais en même temps je l'appréhendais. Peut-être allait-elle me recevoir avec une froideur qui détruirait subitement l'existence même de cette affection, la transformerait rétroactivement en un misérable égarement, en un jeu cruel dont j'aurais été l'idiote victime.

Je passai plusieurs jours dans un état d'agitation, mes impressions passant d'une extrême à l'autre continuellement. Comment expliquer chez cette femme si compréhensive, qui avait été ma confidente et mon alliée, ce refus de me revoir? En quoi la rupture de son mariage avec mon père concernait-elle cette tendresse qui nous liait?

Elle m'avait dit un jour: «Louise, vous êtes ma fille». À ce souvenir, je naissais d'elle à nouveau, indiscutablement. Je devenais sa fille. Le lendemain, je me sentis grotesque. Plus les jours passaient, plus mes pensées devenaient confuses. Je devais donc fixer au plus tôt la date de cette rencontre. Comme je n'y arrivais pas, je décidai d'attendre qu'une impulsion très forte m'indique la journée.

C'est ce qui se produisit un midi de mai. Celui-là ou jamais. Je m'habillai avec précipitation, sautai dans ma voiture et roulai en direction du foyer avec l'impression de foncer vers un lieu interdit. Il y avait dans mon geste une violence qui me troublait. J'allais violer l'intimité de cette femme et lui lancer ma question: «Dites. Pourquoi ce silence, cette absence et cet abandon? Pourquoi?» Pourtant, plus j'approchais du foyer, plus la réponse m'apparaissait clairement. Je m'étais tout simplement illusionnée. Cette fixation n'était qu'en moi. J'avais vécu un amour à sens unique... La gorge serrée, j'avais la sensation que maman Éva ne m'avait jamais aimée. Je m'étais trompée. Alors pourquoi n'aurais-je pas fait la même erreur à propos de tous les autres, ceux en qui j'avais cru durant ces trente dernières années?

Quand j'arrêtai ma voiture dans le terrain de stationnement, j'étais épuisée, en état d'apesanteur émotive. Je flottais dans l'incertitude et l'irréalité de ce passé qui subitement se dérobait de ma vie.

Je marchai en direction de l'entrée. Je m'étais ressaisie mais je me sentais étrange.

Le temps était lumineux et immobile. Même les trembles en bordure du terrain ne bougeaient pas.

Les fenêtres brillaient différemment selon que les toiles étaient baissées ou non. Derrière laquelle allais-je la retrouver?

J'ouvris difficilement la porte d'entrée puis m'approchai d'un comptoir derrière lequel une vieille femme tricotait. Je lui demandai, d'une voix à peine audible, de bien vouloir m'indiquer la chambre de madame Caron, Éva Caron. Elle m'observa en se grattant le crâne avec la pointe de son aiguille à tricoter puis la pointa, sans arrêter de me fixer, vers la deuxième porte du fond, à droite. Je sentis son regard dans mon dos pendant que je suivais le corridor d'un pas furtif. Je m'arrêtai à l'endroit désigné. Au centre de la porte, fixé par une «punaise», je vis un carton sur lequel était écrit son nom.

Je demeurai immobile, incapable de frapper, comme si de l'autre côté de la porte, j'allais trouver un cadavre ou le néant. Alors que justement ce carton était la preuve du contraire.

Tout dans mon attitude vis-à-vis de maman Éva m'apparut soudainement bizarre et incompréhensible. J'en ressentis une profonde lassitude et j'allais repartir quand une femme s'approcha d'un pas pressé. Elle tenait, sur sa main ouverte, un plateau rond couvert de pots minuscules. Elle s'arrêta près de moi. J'avais tourné la tête dans sa direction. Elle me regarda avec embarras et dit:

— Excusez-moi, mais je dois entrer dans cette chambre

Je reculai et instantanément déclinai mon nom.

Elle ouvrait déjà la porte. Je dis, sans même y avoir réfléchi:

— Demandez à Madame si elle peut me recevoir.

J'avais à peine repris mon souffle que l'infirmière ressortait.

— Oui, elle peut, dit-elle sans s'arrêter avant de disparaître dans la chambre voisine.

Spontanément, je me précipitai dans la pièce et m'avançai jusqu'au lit.

Éva était debout près de la fenêtre, entre le mur et une chaise berçante. Elle était immobile et regardait dehors.

Je vis sa robe toute simple, d'un goût parfait, ses cheveux blancs, soyeux, clairsemés: un duvet. Il se passa quelques interminables secondes, puis je murmurai bêtement:

— C'est moi.

Elle se retourna lentement. Méfiante, me sembla-t-il. Puis elle m'observa.

Je reconnus aussitôt, sous la peau flétrie, la mâchoire carrée, la courbe douce et courte du nez, le front large et haut. Elle avait beaucoup maigri, mais sous son apparence plus fragile, je la retrouvais. Mon sourire eut un effet immédiat. Son attitude changea. Elle fut subitement joyeuse.

— Là, alors, là je vous reconnais. Et vous avez même encore votre fossette, ajouta-t-elle en riant derrière sa main.

Je me rappelai sur-le-champ qu'elle avait toujours été coquette de la blancheur de ses dents. Nous sommes demeurées ainsi, durant un temps d'une douceur exquise. Nous nous retrouvions.

L'image reconstituée fut bientôt parfaite. J'allais me précipiter pour l'entourer de mes bras quand je m'entendis lui demander avec une brusquerie qui m'étonna:

— Dites-moi d'abord, maman Éva, dites-moi pourquoi vous ne vouliez pas me revoir?

Elle se laissa tomber sur sa chaise et fixa le mur devant elle. Je m'approchai doucement. J'étais confuse et inquiète. Son aspect physique, la vivacité de son regard, le contrôle qu'elle semblait avoir de tous ses gestes m'avaient fait oublier son âge.

— Asseyez-vous, dit-elle, en m'indiquant le pied du lit sans se retourner vers moi. Et donnez-moi quelques minutes de répit.

Elle avait dit cela d'une voix douce mais autoritaire que je reconnaissais aussi.

Je m'assis et demeurai silencieuse.

Sur le rebord de la fenêtre, d'un pot de faïence montait un luxuriant lierre qui encadrait la vitre. De sa chaise berçante, elle pouvait voir tout ce qui se passait dans la cour. On en avait converti la moitié en terrain de stationnement mais conservé, en bordure, une rangée d'arbres. Elle pouvait donc observer ce qu'elle aimait: le jeu des saisons et la vie laborieuse des oiseaux.

Sur le mur, en face de son lit, se trouvait un poste de télévision. Le soir venu, elle n'avait qu'à presser un bouton pour ouvrir cette autre fenêtre.

Pour le moment, elle continuait de fixer le mur. J'étais de plus en plus mal à l'aise. Je regrettais, non pas mon inévitable question, mais le moment où je l'avais posée.

— Comment va votre santé? demandai-je pour faire diversion.

Je lui donnais plutôt l'occasion de raconter cette maladie, dont le récit devait lui être familier. En même temps, je nous offrais une trêve pour que nous reprenions le contrôle de nos émotions. Mon intuition était juste. Elle raconta d'une voix absente les péripéties de cette pneumonie. J'écoutais sans entendre autre chose que le ton de la voix. Il était ténu, mais ferme encore. Je remarquai que son corps s'était amenuisé, il était frêle, vulnérable, sa peau était flétrie, mais je la retrouvais dans son essence même. J'étais profondément remuée mais en même temps, consternée. Même avec la meilleure volonté, jamais nous ne pourrions combler les trente dernières années. Mon affection était intacte, certes, mais comme en dehors de moi. Plus le récit de la maladie se poursuivait, plus je sentais se préciser en moi le besoin de savoir au moins si cette histoire d'amour avait vraiment eu lieu.

Sa voix diminuait d'intensité. Son monologue devenait un fil ténu que je pouvais rompre à ma guise. J'élevai à peine la voix:

— Pourquoi ne vouliez-vous pas me revoir?

Elle prit le temps de tourner sa chaise pour me faire face puis dit simplement:

— Je ne pouvais pas vous revoir parce que vous faisiez partie de ce passé que je ne pouvais pas supporter. Je voulais l'oublier à tout prix.

Elle avala sa salive, prit une respiration. Sa voix devint comme étouffée:

— Je n'y ai pas réussi, même en vous sacrifiant.

Puis elle baissa la tête et, le regard fixé sur ses mains jointes, elle murmura:

— Depuis la mort de votre père, ma vie est un cauchemar. Je suis obsédée par le remords.

Elle se tut. Je l'entendais respirer comme après un trop pénible effort. Puis elle parut soulagée. Elle venait d'abattre le mur qui nous séparait. Elle m'avait laissée venir jusqu'à elle pour me faire cet aveu: notre séparation avait été inutile puisque son tourment n'avait pas cessé.

Un temps s'écoula, puis elle releva la tête. Son visage demeurait tendu mais son regard était affectueux.

— Je n'ai jamais compris votre obstination à me revoir...

— Vous doutiez donc de mon affection?

— Non. Mais je vous avais dit le jour de votre mariage que j'allais partir et ne plus vous revoir. Vous vous souvenez? Nous étions dans le hall au pied de l'escalier.

— Je me souviens... oui... je me souviens que nous nous sommes retrouvées seules au bas de l'escalier.

— Je vous ai dit alors que dès le deuxième mois de mon mariage, j'avais su qu'il était raté. Je vous ai avoué que si j'étais demeurée, c'était seulement pour vous.

Mes yeux s'embuèrent de larmes.

— Je me souviens seulement combien cette conversation a été chaleureuse. J'avais sans doute bu trop de champagne! Et j'étais dans un tel état d'euphorie.

Elle sourit, le regard nostalgique, tendre comme autrefois.

— Vous vous souvenez au moins de cette petite toque en pétales de satin que j'avais cousue pour vous?

— Bien sûr. Je l'ai encore. Elle est toute jaunie.

— Vous n'aviez pas voulu que j'y ajoute le voile.

— Puisque je m'étais mariée en blanc, il fallait bien que je manifeste d'une façon ou d'une autre mon anticonformisme! On se singularise avec les moyens qu'on peut.

— Vous aviez mal choisi le vôtre! On a plutôt cru à un manque de goût.

— C'est vrai?

Comme nous nous amusions de ce souvenir, je me rappelai qu'à l'heure de mon départ elle pleurait. Je m'en inquiétai de nouveau.

— Vous ne vous souvenez pas? Je vous ai dit que je pleurais parce que c'était la dernière fois que je vous voyais, répondit-elle.

C'est curieux, ma mémoire avait enregistré la scène suivante. Les invités étaient sortis sur la galerie pour assister au départ des nouveaux mariés. J'étais tout excitée d'être la vedette d'une telle journée. La voiture était rangée près du trottoir. J'avais descendu les marches et m'étais retournée pour lancer mon bouquet selon la tradition: celle qui le recevrait se marierait dans l'année. J'essayais discrètement de repérer l'amie à qui je le destinais, quand j'avais remarqué maman Éva qui se tenait en retrait, près du poteau du garde-soleil, le visage mouillé de larmes. J'étais revenue vers elle en courant.

— Je ne me souviens plus de ce que je vous ai dit.

— Vous m'avez dit en riant: Ne dites plus de telles horreurs ou j'annule mon mariage! Et vous êtes repartie vers la voiture, rayonnante de bonheur.

— Pourquoi aviez-vous attendu ce jour-là pour me faire cet aveu?

— Je ne voulais pas que nos dernières journées ensemble soient tristes. J'ai pensé que vous alliez enregistrer le message, quitte à n'en prendre conscience que plus tard.

— On se protège instinctivement. On ne voit et n'entend que ce qu'on peut supporter.

Elle me regarda. J'étais une femme, au milieu de la vie, mûrie par l'expérience et les épreuves. Depuis qu'elle m'avait laissée, j'avais vécu. Je lisais dans son regard une confiance nouvelle. Elle découvrait en moi, sans doute, quelqu'un qui pouvait comprendre et non plus seulement accepter.

Commença alors un long monologue. J'avais l'impression qu'elle m'écrivait enfin cette lettre qu'elle aurait dû m'envoyer.

Elle parlait lentement, sans donner à sa voix les inflexions requises par les émotions du récit. Elle ménageait ses forces sans doute, afin de pouvoir poursuivre jusqu'à la fin sa confession... Elle me raconta son enfance sévère. Cette école qu'elle aimait, mais où elle n'allait qu'irrégulièrement parce que sa mère ne pouvait se passer de son aide. La corde à linge qui était si haute. Les vêtements qui y gelaient l'hiver. Ses mains gercées. Les seaux d'eau trop lourds...

Elle éleva la voix, me regarda avec vivacité:

— Je choisis les faits qui supposent du courage et de l'énergie. Ce n'est pas pour m'en vanter, mais pour vous prouver que si je suis partie, c'est que je ne pouvais faire autrement.

Puis elle reprit son ton monocorde, en détournant de moi son regard pour continuer son monologue. Elle me parla de sa mère qui était brave, et consciente des sacrifices qu'elle imposait à sa petite. Essaie d'aimer ce que tu fais, Éva, lui disait-elle, il faut que tu aimes ton travail pour être heureuse. Essaie au moins, Éva, de chanter en travaillant, ça t'aidera. Elle n'avait pas chanté chez nous, mais elle avait vraiment essayé de suivre les conseils de sa mère et d'aimer son travail. Quand elle s'était aperçu qu'il ne saurait être question d'amour entre elle et mon père, elle avait cru qu'elle pourrait compenser par la tendresse. Elle aurait peut-être réussi à lui bâtir une existence convenable... Elle sembla chercher la façon d'exprimer clairement cette pensée, commença plusieurs phrases puis dit avec une tristesse qui me fit mal:

— Je ne pouvais supporter cette image de moi que je voyais dans son regard. Je n'étais rien... Jamais, dans son cœur, il n'a remplacé votre mère.

185

D'ailleurs, je n'en demandais pas tant.

Je m'objectai aussitôt:

— Il vous estimait beaucoup.

— Il ne me détestait pas, il ne me méprisait pas, mais je n'existais pas. J'avais chambardé toute ma vie pour ce mariage. Lui n'avait rien changé à la sienne. Nous nous rencontrions aux repas. Au lit, n'en parlons pas...

— Tout de même! Je me demande si vous n'exagérez pas un peu?

Elle éleva la voix:

— Vous vous rappelez cette fois où nous étions revenues de Montréal par le train de nuit?

— Bien sûr. Je me souviens surtout du trajet de la gare à la maison. Nous marchions très vite en nous tenant par le bras. Nos pas résonnaient dans la nuit. J'avais un peu peur mais l'aventure me plaisait beaucoup.

— Moi, non, puisque nous ne l'avions pas choisie. Nous étions revenues en train parce que votre père nous avait oubliées à Montréal!

— Je n'ai pas pensé à quel point cette humiliation a dû vous être pénible... Est-ce possible? J'étais une jeune fille affectivement retardée, ma foi.

Elle riposta:

— Ne dites pas de bêtises, votre vivacité et votre fraîcheur étaient mon enchantement.

— C'est vrai?

— Tellement vrai... Ce n'est qu'après votre départ de la maison que j'ai vraiment ressenti l'horreur de ma solitude.

Je frissonnai en répétant:

— L'horreur...

— J'en devenais folle.

Elle se tut quelques instants. Je voyais ses mains, ses vieilles mains qui tremblaient. Elle recommença de parler mais sa voix maintenant était lointaine, saccadée comme celle d'un cauchemar. Jamais elle ne s'était sentie acceptée, disait-elle. Les veuves et les célibataires ne lui pardonnaient pas d'avoir pris la place qu'elles convoitaient. Pour la plupart des gens du village, même pour ceux de la famille, elle était demeurée une étrangère. Une étrangère... répéta-t-elle. Puis elle me confia que le bord de la rivière, à la limite de notre terrain, était son lieu secret, l'endroit où elle allait marcher longuement, et méditer sur sa solitude, en s'inquiétant de cette fascination qu'exerçaient sur elle les remous du courant. Pendant qu'elle parlait, je revoyais l'eau grise polluée, entre les troncs d'arbres, au pied de la pente du terrain. Elle me décrivait son désespoir et j'apercevais en même temps ce lieu sombre, maléfique. Il me semblait l'entendre sangloter. Je l'interrompis brusquement:

— Vous avez bien fait de partir.

— Je l'ai cru au début. Je travaillais, reprenais goût à la vie.

Elle me regarda puis continua d'une voix qui s'enrouait:

— Quand votre père est mort, j'ai eu l'impression que c'était moi qui l'avais tué. L'un de nous devait se sacrifier... J'avais choisi que ce ne soit pas moi, alors que c'était lui le plus malheureux. J'aurais dû trouver la force de demeurer près de lui. Quand on ne la trouve pas, c'est qu'on est lâche.

Je la voyais se tasser sur elle-même, de plus en plus pâle. J'étais bouleversée mais je sentais que pour l'aider, je ne devais plus l'interrompre.

— N'allez pas penser que j'ai entretenu ce remords avec complaisance, reprit-elle.

Elle énuméra alors toutes les décisions qu'elle avait prises pour essayer d'oublier: ne plus me revoir, interdire à son entourage de faire allusion au passé, se lancer à corps perdu dans le bénévolat. Elle avait même confié son obsession à l'aumônier en arrivant au foyer. Tout ce qu'il avait trouvé à lui offrir, c'était l'absolution, dit-elle avec une impatience qui me rappela qu'elle était peu croyante.

— Tout ce que vous avez pu lire à propos du remords, Louise, c'est vrai. C'est une blessure qui ne guérit pas, un châtiment qui n'en finit jamais.

Mon Dieu que je trouvais la chambre petite! Nous avions dû en aspirer tout l'oxygène. Mes mains étaient moites. Le pied du lit, sur lequel j'étais assise, était si près de la berçante que nous aurions pu nous toucher en tendant nos bras. Comme elle était à contre-jour, ses cheveux blancs étaient tout éclairés, et l'orbite de ses yeux en paraissait plus profonde. J'y voyais son regard fiévreux qui de nouveau me fixait. Elle demeura silencieuse. Son dos ne touchait plus au coussin du fauteuil. Elle s'était raidie. Elle attendait.

Je pensai rapidement que peu importaient les mensonges et les moyens, il fallait que je la délivre de ce remords. Je n'avais plus qu'un désir: qu'elle finisse ses jours en paix.

Je parlai lentement, avec une assurance calculée et une apparente désinvolture. Je lui fis savoir combien j'étais surprise de la trouver dans un tel état. Comment, .elle, si intelligente, avait-elle pu ainsi s'empoisonner la vie alors que je n'avais jamais entendu discuter de son départ dans la famille, que personne n'y avait fait allusion et que moi, dans mon chagrin, je ne mettais pas l'ombre d'un reproche?

— Et votre père?

— Il était malheureux depuis si longtemps qu'il n'a pas su, avec vous, l'être moins. Que vous soyez restée n'aurait donc rien changé.

J'hésitai quelques secondes tant la phrase à ajouter me semblait cruelle.

— En résumé, maman Éva, votre passage dans la maison de mon père n'a pas eu, sauf pour moi, l'importance que vous croyez. Ç'a été un accident de parcours.

Elle eut un mouvement de retrait comme si je venais de la bousculer, puis elle se détendit et appuya sa tête au dossier de la chaise.

— Mon Dieu, Louise, vous avez raison. L'orgueil rend bête, n'est-ce pas? Je me suis crue importante et je ne l'étais pas...

— Vous étiez importante pour moi, puisque vous êtes une des personnes que j'ai le plus aimées.

— Moi aussi je vous ai aimée, répondit-elle.

Ses lèvres étaient bleues, ses mains tremblaient.

Elle était complètement épuisée. Je me levai pour partir, ce qui me permettrait en même temps d'avertir l'infirmière.

— Ne vous dérangez pas, dis-je en cherchant mon sac, mes gants et mon écharpe que je ne voyais pas tant j'étais émue que le hasard ait permis que je vienne.

En même temps, j'étais déchirée à l'idée qu'il était préférable que je ne la revoie plus.

La ténacité de mon attachement portait fruit. Elle m'avait aimée et vivrait ses dernières années dans la paix. Qu'est-ce que je pouvais demander de plus?

Malgré mes protestations, elle se leva pour m'accompagner jusqu'à la porte de la chambre. Nous nous sommes regardées en silence. Nous nous sommes jetées dans les bras l'une de l'autre. Je la sentais contre moi toute tremblante et si fragile. Je pense que nous pleurions.

Le lendemain, je lui ai fait porter une gerbe de fleurs. Maintenant, quand je pense à elle, je la vois calme et souriante. Elle regarde les fleurs dont les pétales, un à un, tombent dans l'oubli.

LA PETITE HEURE

Je fais des efforts pour soulever mes paupières, des efforts que je crois réels. Je ne réussis qu'à atteindre un état illusoire, en marge du sommeil. On se croit réveillé parce qu'on prend conscience du rêve qui vient de nous bouleverser, mais on ne peut pas encore lui échapper. J'essaie d'ouvrir les yeux, de faire un geste qui me libérerait de ce songe au cours duquel j'assiste, impuissante, au cauchemar d'une femme qui me ressemble. Qui est-elle? Mon double, peut-être, à qui je fais jouer le rôle que je refuse. Je la vois, hagarde et terrifiée, en proie à une vision insupportable. Je ressens pour elle une grande compassion. Son désespoir est devenu le mien et je suis atterrée, devant une détresse aussi évidente, de ne pouvoir ni bouger ni parler pour lui venir en aide.

J'ouvre les paupières. Ma chambre est inondée de soleil. Je retrouve la rassurante évidence du jour qui commence. Le chant de l'oriole, qui niche dans l'arbre de mon voisin, se noue doucement à mon angoisse et la tire lentement vers un espoir encore dif-

191

fus. Je tends machinalement mon bras vers le radio-cadran qui compte en chiffres lumineux mes nuits hachées de réveils. Il obéit instantanément au doigt qui presse le bouton. Une toccate de Bach requiert aussitôt toute mon attention, mais je glisse peu à peu vers une confusion qui m'entraîne de nouveau vers la somnolence. La sensation d'un salut renouvelé m'envahit doucement. J'entrouvre les yeux sur le soleil éblouissant qui éclaire mon balcon. Comme ma chambre est à l'étage, la balustrade se découpe dans la feuillure des arbres dont les faîtes immenses s'entre-mêlent. Je demeure ainsi apaisée, à demi consciente, au seuil d'un jour encore inexploré.

Les feuilles bougent à peine, dégageant dans un inlassable et presque imperceptible mouvement des morceaux irréguliers de ciel, d'un bleu opaque, brillant, ce bleu de porcelaine ancienne qui se confond pour moi avec l'iris lumineux de ce regard à tout jamais perdu. Je le retrouve dans cet éclat de firmament, tache mouvante qui bientôt se brouille de fils. Les sourcils s'y dessinent, les rides du front, l'oreille fine, le nez charnu et je fixe, médusée, ce portrait fragile. Mon regard attendri en reprend sans cesse le contour, comme on le fait pour conserver dans le sable la forme d'un dessin. Et pendant que je me complais à garder intacts, dans le ciel bougeant, les traits de ce visage disparu, se glisse sournoisement en moi cette détresse que mon inconscient transpose en immense fatigue. La musique s'amenuise peu à peu. Bientôt je ne l'entends plus. Je me suis de nouveau endormie.

Le ciel est d'un gris opaque. Il est tendu, très

bas. L'automne a dénudé les branches des arbres. Du silence monte un lointain murmure. La femme énigmatique de mon rêve se réveille soudainement. Appuyée sur le coude, elle tend l'oreille et regarde fixement la porte qui ouvre sur le balcon. Au-delà du silence qui entoure la maison, monte un battement léger. Elle écoute tout en tirant vers elle les draps défaits. Ses vêtements pendent aux bras et au dossier du fauteuil. Elle les a lancés de son lit, c'est certain. La seconde place du lit est cependant vide, mais l'oreiller garde l'empreinte d'une tête. On ne la remarquerait sans doute pas si on n'apercevait pas aussi une cravate oubliée sur le dossier d'une chaise.

Le bruit se rapproche et se précise. Elle le reconnaît. C'est un clapotement de rames et le grincement qu'elles font en tournant sur le pivot qui les retient à une chaloupe. Un bruit cadencé, mouillé et âpre en même temps. Elle s'est assise sur le bord de son lit et tend l'oreille pour mieux écouter. Puis elle repousse les couvertures, se lève et avance doucement, avec curiosité, et, glissant ses pieds nus sur le tapis, elle se dirige vers la porte du balcon qu'elle entrouvre. Elle regarde puis s'appuie au chambranle. Une eau grise, opaque, recouvre son minuscule jardin et monte jusqu'à la cime des arbres qui se trouvent, ainsi, amputés de leurs troncs. Leurs faîtes apparaissent comme de gigantesques brassées de fagots. Ils émergent de cette nappe liquide qui s'étale jusqu'à la hauteur du balcon. Un voile de brume diaphane estompe le toit des maisons. Elle est de plus en plus décontenancée. Le brouillard devient plus dense, recouvre peu à peu les arbres. Elle tend le cou. Une apparition lui confirme qu'elle ne s'est pas trompée. Le bruit est bien celui de rames qui fendent l'eau.

Une embarcation avance doucement. Elle est longue, plutôt étroite; ses extrémités sont carrées, ce qui refoule l'eau en vagues courtes qui viennent clapoter sous la plate-forme du balcon. Six rameurs sont répartis en nombre égal de chaque côté. Le rythme régulier de leur mouvement, l'austérité de leur attitude créent une impression de gravité. Bientôt, l'équipage se précise. Les hommes sont gantés de gris, habillés de noir et rament avec solennité. Au centre de l'embarcation, la cabine des pêcheurs devient une boîte longue, étroite, aux extrémités effilées. Des poignées de cuivre sont alignées de chaque côté. La femme se cramponne au cadre de la porte, puis recule d'un pas, roule la tête de gauche à droite en murmurant: «Non, non», ses deux mains couvrant son visage. Alors, elle s'arrête de bouger, regarde encore par la porte du balcon et de nouveau recule, horrifiée. Bientôt, comme si elle était non pas consentante, mais vaincue, elle se colle au mur, ferme les paupières et s'immobilise. Je l'entends qui gémit. Je ne peux rien pour m'associer à sa détresse. J'écoute cette plainte confuse d'où, par moments, s'élève une lamentation qui, me semble-t-il, provoque des vibrations dans le rectangle de ciel découpé par la porte. Des plis se forment, des lignes apparaissent, à peine esquissées. Elles suggèrent plus qu'elles ne dessinent l'arc des sourcils, la courbe fine du menton, la ligne tombante de l'épaule, les boucles d'une chevelure presque blanche qu'elle a reconnue.

La femme se tait subitement et regarde affolée tout autour d'elle. Elle se précipite vers le lit, tend les draps. Elle les recouvre du couvre-lit de velours vert. Elle court vider le cendrier, fait disparaître la cravate dans un tiroir tout en vérifiant qu'aucune trace ne subsiste de ses ébats amoureux. Fébrilement, elle assemble sa chevelure, la noue sur sa nuque et ferme le col de sa chemise de nuit. J'entends son souffle haletant. Elle retourne vers le balcon, regarde de nouveau vers l'extérieur, sanglote bruyamment, se calme aussitôt et vient se placer près de son lit. Elle tend les bras comme si elle voulait le cacher ou le protéger peut-être. Elle attend, la tête tournée vers la porte, sans un geste. J'observe la scène comme d'une loge d'où je suis incapable de bouger.

L'embarcation est parvenue à destination. Trois des rameurs ont enjambé la balustrade et le plancher de bois résonne sous leurs pas. Les trois autres ont hissé le cercueil et le glissent sur la rampe. Un grincement emplit bientôt toute la pièce. La femme fait un geste de refus ou de révolte puis, avec résignation, s'incline lentement devant le cortège qui passe devant elle avant de s'évanouir dans la brume dont s'est empli le corridor qui donne sur la chambre.

Je me réveille de nouveau et me lève afin de couper court à ce trouble morbide. Je range la cravate oubliée.

Mon balcon est inondé de soleil. Le ciel est tout lisse et une brise, légère comme un souffle d'enfant, promène des éclats de lumière sur les murs de ma chambre. La vie me reprend au creux de ce matin lumineux. Et me voilà conquise par les notes cristallines qu'égrènent de fragiles gosiers d'oiseaux.

TABLE